MATTHEW WEINER
ACIMA DE TUDO, HEATHER

Tradução
Alexandre Martins

Copyright © Matthew Weiner, 2017
Copyright © Editora Planeta do Brasil, 2021
Copyright © Alexandre Martins
Todos os direitos reservados.
Título original: *Heather, the Totality*

Preparação: Opus Editorial
Revisão: Laura Folgueira e Franciane Batagin
Projeto gráfico: Jussara Fino
Diagramação: Abreu's System
Capa: Adaptada do projeto gráfico original de Compañía
Imagem de capa: Karina Vegas / Arcangel Images

Dados Internacionais de Catalogação na Publicação (CIP)
Angélica Ilacqua CRB-8/7057

Weiner, Matthew
 Acima de tudo, Heather / Matthew Weiner; tradução de Alexandre Martins. – São Paulo: Planeta do Brasil, 2021.
 144 p.

 ISBN 978-65-5535-421-8
 Título original: Heather, the totality

 1. Ficção norte-americana I. Título II. Martins, Alexandre

21-2295   CDD 813.6

Índice para catálogo sistemático:
1. Ficção norte-americana

Ao escolher este livro, você está apoiando o manejo responsável das florestas do mundo

2021
Todos os direitos desta edição reservados à
EDITORA PLANETA DO BRASIL LTDA.
Rua Bela Cintra, 986 – 4º andar
Consolação – 01415-002 – São Paulo-SP
www.planetadelivros.com.br
faleconosco@editoraplaneta.com.br

Para Linda

Um

Mark e Karen Breakstone se casaram um pouco tarde na vida. Karen tinha quase quarenta, desistira de encontrar alguém tão bom quanto seu pai e começara a ficar amarga com a relação de sete anos iniciada depois da faculdade com seu antigo professor de Arte. De fato, quando armaram seu encontro com Mark, ela quase não apareceu, pois a única qualidade destacada de Mark era seu potencial para enriquecer. Sua amiga, casada fazia tempo e na terceira gravidez, não mencionara nenhuma outra qualidade. As amigas casadas de Karen pareciam obcecadas com o fato de que nunca haviam avaliado a importância do dinheiro em seus relacionamentos, tendo se casado tão novas. Agora, avançadas na vida, estavam perturbadas com isso, perdendo o sono enquanto refletiam sobre a segurança a longo prazo. Karen ainda queria alguém bonito. Sentia que seria um sofrimento insuportável passar a vida olhando para um rosto feio todos os dias e se preocupando com a ortodontia de seus futuros filhos.

Mas ninguém realmente conhecia Mark. As mulheres sabiam que ele tinha um bom emprego e que não era de Manhattan, e Karen poderia se informar com o marido de alguém que o conhecesse, mas, na verdade, não havia tempo para investigar naquela época, antes do e-mail e das mensagens de texto. Mark tinha o número de telefone dela e, se o usasse, Karen certamente não deixaria a secretária eletrônica atender. Ele tinha uma voz bastante agradável e estava um pouco nervoso, o que significava que não era um mulherengo incorrigível. Então Karen, nada empolgada, desmarcou duas vezes com ele, até que, finalmente, foram tomar um drinque, o que teria sido uma ideia sexy caso ela não a tivesse empurrado para uma noite de domingo.

À luz fraca do bar, Mark não era de todo sem atrativos, ele era comum: do modo como uma garota é comum. Não parecia ter traços pronunciados, mas, ao mesmo tempo, eles não eram tão simétricos que o tornassem bonito. Seu rosto era gordo em todos os sentidos; jovem, mas com nariz redondo, bochechas redondas e, de algum modo, o corpo era magro e lhe dava a aparência de alguém em quem você nunca prestaria atenção.

Enquanto debatiam se pediam ou não outra rodada, ele contou uma história sobre alguém ter roubado seu almoço da geladeira do escritório. Ninguém sabia quem fora o culpado, mas ele tinha uma ideia, pois vira mostarda na manga de uma recepcionista. Contou a Karen que a maioria dos caras dizia que ia almoçar com clientes, mas acabava indo ver algum jogo em um bar, o que era caro e uma perda de tempo, e ele tinha uma vantagem porque levava a própria comida e, normalmente, era o único acordado durante a tarde. Ela riu, ele olhou para ela, o rosto mudando, surpreso, e disse:
— As pessoas às vezes não me entendem.
Para Karen, aquilo foi adorável.

Talvez eles devessem ficar juntos porque ela o achava muito engraçado. Muitas das histórias que Mark contava tinham acontecido com ele mesmo, e ele era frequentemente o alvo das piadas. Era quase como se tivesse a personalidade de alguém muito confiante, alguém acostumado a ter tanto sucesso que se sentia na obrigação de estar sempre se depreciando. Ainda assim, o rosto dele dizia o oposto. Eles começaram a namorar e, após três ou quatro semanas, fizeram sexo no apartamento dele, porque ela poderia querer ir embora logo depois. Mas não quis. Os cômodos eram bem decorados, sem exageros, e as mãos dele seguraram sua cintura com tanta firmeza que seus quadris ficaram agradavelmente doloridos, de modo que ela relaxou nos travesseiros, reconfortantes e familiares com cheiro de amaciante de lavanda. E então fizeram sexo de novo na mesma noite, e ela sentiu que ele a desejava. E isso foi muito atraente.

*

O pai de Mark era técnico de futebol americano em uma escola secundária e também administrador e professor de Educação Cívica, de modo que tinha algum status além do esporte no subúrbio de classe média alta de Newton, em Massachusetts. Convivendo com todas as famílias de profissionais liberais e seus filhos bem criados, mas rebeldes, Mark aos poucos descobriu quem ele realmente era:

uma versão do filho do chofer. Tinha tudo o que os outros tinham, mas de pior qualidade: uma bicicleta antiquada de três marchas, nenhuma figurinha colecionável, viagens tediosas e pouco frequentes, tênis comprados no supermercado.

Seu pai o achava pouco agressivo e acabou desistindo de provocá-lo, considerando-o mais apto a dar apoio aos verdadeiros guerreiros, como uma menina. Ele, por fim, demonstrou alguma habilidade atlética em corrida cross-country, que exigia disciplina psicológica, mas era solitária e dispensava o trabalho de equipe que seu pai achava mais valioso. No penúltimo ano do secundário, Mark já sabia que preferia ser discretamente competitivo e que não se dava bem com homens por odiar o papel anônimo que lhe atribuíam quando em grupo.

As mulheres haviam sido um mistério para Mark. Sua mãe era uma eterna animadora de torcida, e sua irmã mais velha e mais inteligente mergulhara a família no drama de um distúrbio alimentar no começo da adolescência, tendo finalmente vencido sua batalha para adiar a vida adulta morrendo de um ataque cardíaco após voltar do tratamento, aos dezessete anos. Além disso, ele descobrira que não tinha herdado o carisma do pai, e sua aparência física, principalmente o rosto, não o ajudava em nada a ganhar confiança com as mulheres.

Ele recebera atenção por ter uma irmã morta, mas isso era normal, e a longa doença dela o tornara tão independente que nenhuma garota conseguia imaginar a sua solidão. Ainda mais importante, o falecimento da irmã transformara seus pais em verdadeiros estranhos, pois raramente falavam com ele; em vez disso, refugiavam-se nas tarefas mais triviais: limpar, pintar e consertar a casa tão castigada pelo fracasso de sua longa missão de resgate. No último ano de Mark no secundário, eles tinham passado para o quintal, onde a jardinagem lhes permitia ficar algum tempo de joelhos na terra, arruinados, não diferentes dos vegetais úmidos que colhiam e deixavam apodrecer em cestos junto ao armário de casacos. Mark ficava pensando se haveria algo que pudesse aplacar o silencioso e atarefado sofrimento dos pais e decidiu ser o sobrevivente bem-sucedido por causa deles, mas igualmente sabia que um enorme sucesso financeiro e um grande emprego de colarinho branco lhe permitiriam renascer em um mundo em que nada daquilo havia acontecido.

Mark gostou de Karen porque ela não fazia ideia de como era bonita. Tinha cabelos negros, olhos azuis e o corpo em forma, mas com curvas. Quando ele havia perguntado ao colega de trabalho que os colocara em contato como podia ter deixado de fora esse detalhe, o colega revelou que nunca a tinha visto. A esposa a conhecia e dera a ela um oito – na verdade tinha dado um sete, mas ele não conseguira contar isso a Mark, especialmente depois que ele, abertamente, a classificara como sendo dez. O colega ficou satisfeito, mas curioso, e quando finalmente conheceu Karen na festa de Natal ficou surpreso com o fato de que realmente era muito bonita, embora não um dez, e que tinha um belo corpo.

Na noite em que Mark e Karen finalmente se despiram um diante do outro, ele a observou enquanto ela se levantava para pegar um roupão e ir ao banheiro. Era uma clara noite enluarada, e os mamilos dela estavam quase roxos no ar azul, a pele muito leitosa, as coxas bem largas e os tornozelos bem estreitos. Achou que nunca se cansaria de fazer sexo com ela, levou essa ideia bem a sério e soube que iriam se casar.

*

Você poderia pensar que um homem como Mark, que não era rico aos quarenta anos, nunca seria, mas ele trabalhava na área de finanças, em que sempre era possível conseguir uma bolada. Enquanto Mark e Karen estiveram noivos, houve uma possibilidade de promoção que significava um bônus que o catapultaria para a riqueza. Agora que eram um casal e desfrutavam as vantagens sociais de jantar com outros casais e o prazer de ter companhia garantida na véspera de Ano-Novo e no dia dos namorados, eles mantinham o status não declarado de estar à beira do sucesso. A promoção permaneceu uma promessa durante todo o tempo em que planejaram o casamento, e os dois imaginavam o tamanho da festa que poderiam dar, mas também se preocupavam com a possibilidade de que isso não acontecesse, que acabassem com dívidas ou até mesmo que Mark tivesse de encontrar outro emprego.

―――

Karen estava preparada para desistir de seus anos acumulados no mercado editorial por ser um negócio repetitivo e cheio de fofocas, e porque raramente tinha contato com os escritores. E não estava exatamente no mercado editorial. Esse era o motivo pelo qual fora para Nova York, mas a competição era acirrada, então migrara, por meio de um trabalho temporário, para o mundo adjacente das relações públicas, em que, além do leve glamour de filmes independentes e inaugurações de restaurantes, ela foi tentadoramente colocada perto de uma editora. Acabou dizendo às pessoas que trabalhava no mercado editorial porque ninguém entendia de publicidade, especialmente do tipo *freelancer*, e uma vez alguém a entendera mal e a reação fora perceptivelmente mais entusiasmada. Bem às escondidas, ela marcava viagens e eventos para autores e editores, e, após ter uma vez acobertado seu chefe com uma desculpa perfeitamente comprada de chocolate artesanal e queijo *morbier*, começou a projetar cestas de presentes temáticos tão específicas e refinadas que muitos a estimularam a começar seu próprio negócio.

O sucesso que conseguiu nesse inesperado negócio paralelo apenas destacou sua falta de entusiasmo e dedicação à carreira que acabou seguindo. Ao contrário de seu chefe, ela era incapaz de se livrar de seus modos suburbanos ou demonstrar um repentino encanto para com estranhos erguendo seus óculos de sol acima da cabeça; assim, ao se dar conta de que Mark poderia insistir em que ela mudasse de profissão para ser esposa e mãe, ficou agradavelmente animada. Karen sabia que, em Manhattan, não havia donas de casa no sentido tradicional e que ela poderia se sentir bastante realizada oferecendo-se como voluntária na escola, cuidando da casa e comandando empregados.

Quando Mark não recebeu a promoção duas semanas antes do casamento, Karen ficou arrasada a ponto de questionar se deveria fugir dele. Sentada em sua cozinha no meio da noite, colocando os prós e os contras em uma folha de papel, ela refletiu sobre o fato terrível de que talvez só estivesse se casando com ele pelo dinheiro. Mas sabia que era uma pessoa melhor que isso. Sabia que o que passara a considerar amor se tornava amor quando estava perto dele. Ela não queria apenas ter um filho antes que fosse tarde demais; queria ter um filho com ele. Isso era muito importante; aliás, essa era a única coisa na lista que tinha feito, e ficou contente com todo o exercício e imaginou por que nunca antes havia sido corajosa o bastante para colocar sua ambição no papel.

*

Mark acabou ficando rico por todos os parâmetros exceto os seus. No trabalho, ele era conhecido por ter a invejável habilidade de reconhecer quando um ativo enfrentava problemas. Em relação a ações, títulos, imóveis e, especialmente, empresas, era capaz de comprovar, por meio de análise matemática, a falta de valor que tornava as coisas vulneráveis, e frequentemente dava dicas que geravam dinheiro ou pelo menos estimulavam negócios. Ainda assim, no fim das contas, não foi seu talento que o enriqueceu, mas fazer parte de um grupo que dividiu uma comissão gigantesca por conseguir uma doação para uma universidade. E dane-se que perder aquela promoção quase tivesse arruinado seu casamento, pois ele estava no lugar certo no momento certo, de modo que ele e Karen tiveram um grande ano. E depois tiveram outro. E a seguir tiveram mais um, e Mark já tinha o bastante e não havia mais razão para se preocupar. Ele não era o cara mais rico de Nova York, mas ainda assim podia fazer a maioria das coisas que os caras mais ricos faziam exceto aparecer nas revistas.

Ele, claro, queria mais, pelo menos o suficiente para uma casa no campo e um daqueles prêmios que as pessoas recebem por ser generosas com causas nobres, mas se sentia com sorte por Karen não ter aspirações sociais e considerar sua riqueza garantida, como se tivesse nascido com ela e não precisasse provar nada. Ele adorava, e mesmo invejava, isso nela, e finalmente lhe perguntou sobre sua tendência natural à privacidade e, portanto, à satisfação pessoal. Certa noite, após uma garrafa de vinho muito cara, enquanto descansavam, esgotados, no depois, Karen contou a Mark que outras mulheres nunca a tiveram como referência porque ela se escondia facilmente nos grupos, mais confortável como uma observadora aquiescente. Ainda assim, ela especulou com Mark, sua voz suave e os olhos rasos d'água, por que isso não era suficiente. Ela se recusava a fofocar, tendo certa vez sido alvo de um boato particularmente cruel sobre ter chegado a uma casa de praia e lá permanecido sem ter sido convidada. Esse boato depois evoluiu para a insinuação de que seus seios ou seu nariz eram falsos, permanentemente retratando-a como uma desesperada. Karen achava um mistério que a tivessem escolhido, mas provavelmente as pessoas decidiram que ela era perfeita para levar a culpa pelas inseguranças do grupo, com sua natural timidez e seu silêncio sendo entendidos como autoconfiança. Enquanto apoiava a cabeça no peito dele, envolvendo-o com sua nudez, ela revelou que, como Mark, sofrera com a crueldade alheia, mas entendera que você nunca podia se ver como os outros o viam e que não havia problema em parecer isolado desde que se lembrasse de que você não é do modo como é visto.

Karen despertou Mark no dia do seu aniversário de quarenta e um anos com a cabeça sob as cobertas e a boca nele. Depois, voltando após escovar os dentes, aninhou-se junto a ele e contou que estava grávida. O entusiasmo de Mark foi imediato, a despeito do estado de esgotamento, mas seus sentimentos se tornavam mais profundos à medida que Karen falava em um tom estudado sobre a necessidade que tinham de um apartamento maior. Ela passara uma semana planejando dar a notícia desse modo e se sentiu mais leve e aliviada por ele ter reagido com suficiente excitação.

Mark desfrutou de tudo: estava dando à bela Karen a vida que ela queria, estava criando uma família, um legado; e o que mais gostava era a capacidade que ela tinha de passar do carnal ao prático em poucos minutos. Fazia que a quisesse novamente, embora não estivesse certo se isso era saudável para ela, em sua condição. Karen riu dele: ainda o achava engraçado e, enquanto faziam amor, ele notou que o corpo dela mudara um pouco para melhor. Quando ela gozou, ele a sentiu eliminar toda a ansiedade, desaparecendo no calor da expectativa.

A gravidez de Karen foi tranquila, exceção feita à mudança deles para um prédio de dez apartamentos a oeste da Park Avenue, uma área conhecida como um dos últimos bairros residenciais de Manhattan. O apartamento de três quartos não tinha varanda, mas era um andar abaixo da cobertura e tinha uma vista sobre os casarões com quase nada do pós--guerra, uma cafeteria de rede ou ótica em cada esquina, uma mercearia que parecia um mercado antigo e alguns poucos prédios altos, que ainda tinham reluzentes portas de elevador de bronze.

A diretoria era rígida e irritante e procrastinou até que Mark se afastasse e permitisse que a barriga e o brilho de Karen os conquistassem. Heather nasceu no hospital de Lenox

Hill em uma hora razoável, e Mark estava lá, então ela foi levada para casa, para um quarto de bebê completo e algumas poucas novas amigas que Karen fizera ao adentrar o mundo das aulas de parto e escolha de carrinhos. Eles a batizaram de Heather. Mark gostou porque refletia a sua origem escocesa, mas na verdade não passou de coincidência, já que Karen escolhera o nome a partir de um livro, acreditando que nunca encontrara uma Heather que não fosse bonita.

Diferentemente das amigas, Karen dispensou a babá cedo, descobrindo que amamentação, falta de sono e acompanhar o desenvolvimento não eram um fardo para ela. De fato, dava boas-vindas mesmo aos incômodos mais radicais, considerando todo contato, mesmo às três da manhã, uma oportunidade de tocar e cheirar seu bebê. O prazer gerado por Heather superava todos os outros, e Karen continuou a recusar ajuda enquanto o bebê crescia, documentando cada dia com fotos e anotações, mas nunca precisando mostrá-las a ninguém, porque elas sempre estavam juntas e Heather podia ser admirada pessoalmente. Quando Heather tinha quatro anos e enfim entrou para a pré-escola mais carinhosa e progressista, embora não necessariamente a de maior prestígio, era Karen quem passava o dia chorando. E, com o passar dos dias, ficava de cama, arrasada, durante aquelas poucas horas em que Heather estava na escola, depois ganhando vida na hora da saída, quando podia de novo segurar a mão da filha enquanto faziam biscoitos, assistiam a vídeos ou simplesmente caminhavam pelo parque.

*

Cerca de dez anos antes do primeiro encontro de Mark e Karen, Robert Klasky nasceu em Newark, Nova Jersey, em um hospital público, de mãe solteira. Bobby, como era chamado, foi um milagre não percebido pela equipe médica, já que ignoravam que sua mãe raramente consumira algo além de cerveja durante uma gravidez que se recusava a admitir. Ele recebeu o sobrenome da mãe, já que o pai poderia ser qualquer um que tivesse os cabelos castanho-claros e os olhos azuis de Bobby.

A mãe de Bobby ficou no hospital o máximo de tempo possível antes de retornar à pequena casa de madeira na cidade de Harrison, onde passara a maior parte de sua vida infeliz. Harrison originalmente fora povoada por imigrantes poloneses e agora era pobre, mas ainda majoritariamente branca, algo incomum naquela área de Nova Jersey, e seria charmosa não fosse pelos indícios visuais de pobreza: as portas de madeira fina, pilhas de lixo, sucata espalhada e a teia negra de linhas telefônicas que tomava o horizonte.

A chegada de Bobby servira muito pouco para alterar a crença da mãe de que a heroína era a melhor coisa em sua vida. Ela nunca pretendera passar seus anos de adulta em Harrison com todos os "desprezíveis", como os chamava. Apesar disso, se juntou a uma série de vagabundos, viciados agressivos e bêbados que gostavam de uma refeição, um teto e, depois, uma mulher com quem se divertir. Bobby comera guimbas de cigarro e bebera cerveja antes de completar dez anos, e até mesmo ajudara os namorados e alguns amigos dela a se injetar quando estavam mal demais para fazê-lo.

Ele frequentemente era acordado no meio da noite e arrastado para a sala de estar, nunca sabendo se ia ser um saco de pancadas ou uma piada de salão. Sua mãe vivia de pensão do governo e roubos, especialmente nos bons anos quando o estádio estava sendo erguido e havia construções por toda parte, mas ela principalmente trabalhava em salões de beleza da área escovando cabelos e, às vezes, como maquiadora não certificada, o que era ideal, já que lhe permitia acompanhar suas novelas, roubar do caixa e avaliar a aparência dos outros com autoridade.

Foi um alívio tanto para Bobby quanto para sua mãe quando ele entrou para a escola. Ele gostava porque era uma instituição organizada e havia outras coisas para comer além dos sanduíches de apresuntado, mas logo ele se deu conta de que era mais inteligente do que todos os alunos e a maioria dos professores. Descobriu que podia conseguir qualquer coisa que quisesse apenas contando a verdade sobre sua mãe ou sua pobreza, especialmente para as professoras mais jovens, que ficavam com os olhos cheios de lágrima, compravam lanches para ele e garantiam que as coisas iriam mudar. Nada mudou, claro. O pior que podia acontecer era sua mãe receber uma visita, mas era impossível que ela se metesse em encrencas, pois não tinha vergonha e, com frequência, recebia burocratas e bons samaritanos vestindo sua exagerada camiseta de dormir ou um quimono puído.

Bobby passava a maior parte do tempo sozinho. Isso era mais difícil no verão, especialmente se a casa estivesse cheia de drogados e a tevê tivesse de ficar sem som. Ele descia para o rio, que era cheio de aparelhos domésticos abandonados e pneus, e se sentia solitário e nauseado porque "também ele se sentia jogado fora", como um psicólogo prisional um dia lhe diria.

Nada realmente despertava seu interesse, exceto animais. Para ele, os bichos eram como pessoas, estúpidos e desamparados, em especial os atropelados na estrada que ele pegava e escondia na garagem para estudar depois. Só por acaso Bobby finalmente descobriu seu próprio poder quando viu um pássaro preso dentro do ar-condicionado da janela, ligando o aparelho e observando assombrado enquanto o animal era espancado pelo ventilador até ser soprado pelo exaustor em um jato de sangue.

Bobby abandonou a escola no secundário e conseguiu um emprego em um depósito de madeira carregando caminhões e, após ter descoberto a empilhadeira, paletes.

Continuou a morar na mesma casa após instalar um cadeado em seu quarto e, nas horas de folga, assistia à tevê, bebia vodca e absorvia a conversa sem sentido e os risos dos amigos e amantes da mãe em seus encontros noturnos informais.

Às vezes uma briga começava e ele simplesmente saía e se sentava no degrau da frente ou caminhava até a loja da esquina para comprar mais cerveja. Uma vizinha, conhecida como Chi-Chi, também se sentava com frequência em seu degrau da frente; ele a achava muito bonita e sabia que ela estava procurando um jeito de puxar conversa. Certa vez, em uma tarde de sábado particularmente nublada, ele atravessou a rua antes do habitual para poder passar mais perto e disse:

— Belo dia de sol, hein?

Ela devolveu um sorriso e ele ficou satisfeito por ter dito uma daquelas coisas que as pessoas costumavam dizer.

Dois

A vida de Mark não mudou com a chegada de Heather. De início, tinha pouco a fazer. Karen cuidava de tudo, e isso fazia sentido, já que ele realmente não podia alimentar o bebê, preferia não trocar fraldas e estava no trabalho quando aconteciam os banhos e os passeios. Mas acabou descobrindo que Karen e Heather viviam como uma unidade fechada, da qual ele estava de fora. Suas tentativas de participar eram prejudicadas por sua ignorância, e, de fato, sempre era mais fácil para Karen fazer as coisas ela mesma do que vê-lo lutar para vestir a criança ou arrumar a bolsa para uma ida ao parque.

Ele não sentia raiva de Karen, mas de si mesmo, tomando o fato de ser relegado à posição de mero observador como uma extensão das falhas que eram igualmente aparentes no escritório. Mark nunca conseguira se tornar essencial nos círculos das finanças. Embora seu trabalho fosse adequado e ele tivesse ganhado mais dinheiro do que um dia imaginara, testemunhara uma série de homens não merecedores o ultrapassando com habilidades muito mais sociais do que financeiras e desistira da ideia de que um dia comandaria o departamento ou mesmo voaria no avião da empresa.

Heather era um bebê bonito. Seus cabelos loiros acabariam escurecendo, mas ela tinha grandes olhos azuis e já sorria com oito semanas de idade, com frequência batendo palmas com as mãozinhas gordas, encantada. Karen a vestia com roupinhas de tricô e descobriu que, embora fosse menina, azul-claro combinava com seu tom de pele e seu temperamento. Heather buscava os olhos dos outros e conquistava mesmo os nova-iorquinos mais antipáticos com seus risos e gritinhos.

Ela era tão bonita que quando inevitavelmente se tornava o centro das atenções em um parque ou em uma loja, seus amigos recém-conquistados olhavam para Karen, ou para Mark e Karen juntos, e não conseguiam esconder a surpresa de que aquela criança pertencesse àquelas pessoas. Os pais de Heather jamais se sentiam insultados; em vez disso, dando de ombros com orgulho humilde, cada qual concluía por si, sem nunca partilhar com o outro, que seu eu interior havia se expressado por meio de sua bela criação biológica. Mark até mesmo brincou com Karen dizendo que talvez fossem "tão bons em fazer filhos" que poderiam ter outro.

*

Por mais que Karen amasse os pais e considerasse idílica a sua infância em um arborizado subúrbio de Washington, lembrava-se daqueles anos principalmente como solitários. Sempre quisera um irmão e, considerando a obsessão da mãe com prevenção da gravidez, tendo lhe explicado isso antes mesmo que entendesse o que era, imaginara se a haviam planejado. Durante algum tempo ela teve um irmão imaginário dez anos mais velho que a levava de carro a lugares como sorveteria e academia de balé, mas só precisava passar uma noite na casa de uma amiga ou pegar uma carona na escola com outra família para se lembrar de que tinha sorte de não precisar brigar por nada em sua casa.

Por outro lado, não brigar por nada poderia ter sido uma desvantagem. Karen era, por natureza, facilmente controlada por outras pessoas e insegura quanto a riscos. Nunca era a primeira a mergulhar na piscina, preferindo esperar que outros tentassem antes. Ademais, sua mãe voltara à universidade para estudar Biblioteconomia quando ela era pequena, e seu pai, um advogado de patentes, foi incapaz de assumir todo o trabalho doméstico e as obrigações de criação que haviam sido negligenciados. Ele era apaixonado pelo trabalho, com frequência se apropriando da criatividade dos clientes como se fosse sua. Tinha fantasias sobre inventar e fazia experimentos, mas gostava, principalmente, que os vizinhos o vissem entrar e sair de casa com plantas enroladas sob o braço, projetos de estruturas elétricas e químicas além de sua compreensão.

Quando a mãe conseguiu um emprego comandando a biblioteca itinerante de Clarksburg, Karen não estava mais na creche e passava tantas tardes enfiada em um canto vendo-a trabalhar que segurou os livros de frente para uma plateia imaginária até chegar à segunda série. Quando cortes de verbas ameaçaram fechar a biblioteca itinerante, a cidade votou contra isso em um referendo e, de repente, não eram apenas as crianças que acenavam para a sua mãe e a chamavam pelo prenome.

Karen odiava dividi-la e passar tanto tempo com a babá, que, na verdade, era a faxineira, e acabou se inscrevendo em qualquer atividade que a mantivesse na escola até tarde. No fundamental II, ser ignorada a levara a aprender a cuidar de si mesma, e ela estabelecera uma rotina de se trancar no quarto depois da escola com uma tevê portátil, com a qual conseguia fugir para mundos banhados em romance ao mesmo tempo que acessava o próprio corpo.

Karen contou a Mark que não queria outro filho. Não seria justo com Heather. Na verdade, no instante em que ela nasceu, Karen soube que lhe daria atenção e cuidados ininterruptos por todo o tempo possível. Nunca se preocupou com o fato de estar usando isso para justificar sua falta de interesse por uma carreira ou sua confiança no sucesso de Mark, porque Heather não era uma criança comum. Se Karen tivesse o mesmo brilho de Heather, talvez sua mãe não tivesse voltado para a faculdade.

*

À medida que Heather crescia e se tornava uma menina, sua beleza se mostrava mais evidente, mas de algum modo em segundo plano se comparada ao seu encanto e à sua inteligência, e, ainda mais notável, a uma empatia complexa que podia ser profunda. "Por que você está chorando?", ela disse aos cinco anos de idade, do seu carrinho, para uma mulher no metrô que não estava chorando e a corrigiu educadamente. Heather continuou: "Você não devia ficar triste mesmo que suas bolsas estejam pesadas. Eu posso carregar uma delas". A mulher então deu um riso nervoso e se sentou ao lado de Karen, dizendo que podia cuidar de suas coisas e agradecendo. Karen censurou levemente a filha para que tomasse conta de sua própria vida e lhe deu um copo com tampa e canudo.

A mulher estava olhando para cima, fingindo ler os anúncios, enquanto Heather, ainda encarando, afastava o copo dos lábios e dizia: "Todos no trem agem como se estivessem sozinhos, mas não estão". Nesse momento, a mulher caiu em lágrimas. Karen não soube o que fazer, e sua busca por um lenço de papel acabou em um simples toque no ombro da mulher enquanto ela soluçava e dava um sorriso desajeitado, constrangida. Heather ficou observando as duas, e na rua 77, onde tinham de saltar, a menina se despediu, e a mulher, já recomposta, olhou para Karen e disse que ela devia ser a melhor mãe do mundo. Karen deu o crédito à filha e, embora isso parecesse modéstia, sabia que Heather agia assim o tempo todo e, de algum modo, estava na Terra para fazer que as pessoas se sentissem melhor.

Para Karen havia muito a fazer todos os dias, mesmo depois de Heather começar a passar o dia inteiro na escola. Havia os exercícios e as compras, pouco trabalho doméstico que não fosse feito por outra pessoa, atividades e melhoramentos a descobrir e investigar, refeições nutritivas e diversão educativa a ser planejadas e, claro, documentar a maravilha diária de Heather, o que nunca podia ser ignorado. Karen fazia álbuns de recortes, colagens no computador e, com algum esforço, filmetes que podia partilhar na internet. Inicialmente temera que pudesse estar de algum modo se vangloriando, mas, quando viu que todos reagiam como ela à sua filha, soube que, na verdade, estava iluminando o dia das pessoas e que talvez elas, como a própria Karen, estivessem aprendendo muito sobre si mesmas enquanto acompanhavam Heather crescer.

Nas comunidades da internet que frequentava, Karen encontrou muitas mulheres que pensavam como ela, e foi tão encorajada que qualquer preocupação era rapidamente dissipada por uma mãe experiente ou por um especialista. Isso significava que Karen passava menos tempo lidando com outras pessoas em geral, mas permanecia sempre aberta a interagir; e, desde o começo, estivessem caminhando no parque, nadando no clube ou jogando tênis, Heather fazia Karen estar pronta para se sentar e tomar um refrigerante com qualquer um.

*

A família Breakstone, por pequena que fosse, consumia um grande volume de recursos, e Mark se orgulhava de ser capaz de dar a elas um belo apartamento. Apreciava particularmente o gosto de Karen por veludo acetinado, que era usado com comedimento, mas parecia dirigido diretamente a ele. Tinham uma cabeceira de veludo na cama e, entre os móveis da sala de estar, se destacava uma poltrona do mesmo tecido, escolhida por ele em suas noites de vigília cada vez mais frequentes, preferindo-a ao seu escritório particular revestido de madeira em que os móveis eram de couro frio. A poltrona era vermelha, mas parecia marrom no escuro, e ele se servia de alguns dedos de uísque no melhor copo e conseguia cochilar, ou pelo menos não ficar nervoso vendo o alvorecer ou pensando em como a noite longa tornaria insuportável seu dia de trabalho.

Certa noite, enquanto Mark se preparava para a sua poltrona, deu-se conta de que poderia ir dar uma olhada em Heather, então com sete anos, enquanto ela dormia. Ele nunca ficava sozinho com a filha e sentia o ressentimento da esposa quando se sentava à mesa de jantar e dizia: "Como minhas meninas estão hoje?". Ele chegara a essa frase porque, quando falava diretamente com Heather, Karen sempre respondia pela menina ou se metia na conversa. Mesmo quando Heather estava doente, seu "Como está se sentindo, princesinha?" era respondido por Karen: "Ela está melhor, graças a Deus" ou "Ela teve um dia horrível". Então, naquela noite, quando se viu de pé no quarto observando-a, ele se sentiu culpado e estranho quando ela abriu os olhos e sorriu. Não conseguia explicar por que estava ali, então simplesmente se sentou na cama e acariciou a testa da filha. Por fim, disse:

— Por que está acordada?

Ela respondeu:

— Porque não consigo dormir. Devo ser como você.

Ele fez mais um carinho na testa de Heather, a beijou na bochecha e disse:

— Aonde você quer ir nas férias? Podemos ir a qualquer lugar.

E Heather respondeu:

— Qualquer lugar em que você esteja, papai.

Naquele ano, em vez de irem a St. Barth, Karen e Mark, a pedido de Heather, concordaram em viajar para Orlando, desde que pudessem ficar no hotel de luxo que não era dominado pelo parque temático. Eles se hospedaram em uma suíte com uma sala de estar para a cama da filha, e, a despeito de Heather continuar escolhendo amigos irritantes, a família desfrutou a mistura de multidões seguida de jantares íntimos. Certa noite, Heather insistiu em ficar na sala de jogos, e Mark e Karen se viram sozinhos. Em sua ansiedade, ficaram bêbados e fizeram amor, mas estavam acordados e preocupados de novo às dez horas quando Heather voltou, como prometido. Eles não faziam amor havia muito tempo, com Karen mergulhada nas aulas de dança, de tênis e de piano de Heather, e a crescente insônia de Mark, que o tirava da cama do casal quase toda noite.

A manhã seguinte foi chuvosa, então, enquanto Karen recebia uma massagem, pai e filha fizeram uma aula de artesanato, e Mark e os outros hóspedes foram banhados pela luz que Heather criava com seu riso e sua disposição de ajudar as crianças menores. Antes de ir embora eles fizeram rapidamente um colar de contas para Karen, para que ela não se sentisse excluída. Mark e Karen ficaram bêbados e fizeram amor de novo naquela noite enquanto Heather dormia na sala ao lado e, por algum motivo, não foi tão bom, mas seguiu-se uma conversa sussurrada sobre quanto tempo se passara desde que tinham ficado juntos e como Heather era um milagre. No último dia, os três se sentaram longe do bufê do café da manhã, contemplando a lagoa artificial, tão evidentemente felizes que uma mulher que passava insistiu em tirar uma foto deles.

*

Enquanto a família Breakstone estava de férias, Bobby foi demitido do depósito de madeira. Disseram que teria o emprego de volta e que haviam dispensado todo mundo por algumas semanas apenas para recontratá-los depois e contornar alguma lei trabalhista, e ele ficou feliz em gastar um pouco do dinheiro que ganhara ou talvez ir a algum lugar. Mas sua mãe tinha rompido com o último namorado, e Bobby concordou em dar a ela um empréstimo para que pudesse sustentar seu hábito, sabendo muito bem que nunca veria o dinheiro de novo. Não importava, porque, afinal de contas, não tinha para onde ir e seria bom circular por Harrison e Newark na primavera, antes que ficasse abafado. Também estava cada vez mais interessado em Chi-Chi, do outro lado da rua. O irmão dela era mecânico e lhe dissera que seu verdadeiro nome era Chiquita e que era mais velha do que ele pensava. Também disse que tinham vindo do México e outras coisas que Bobby ignorou, porque tudo o que queria saber era que ela o notara e estava sozinha a maior parte do tempo quando ele passava.

Certo dia, ele saiu para tomar uma cerveja e seu coração disparou quando ela saiu para a varanda usando um vestido azul-claro. Aquela era a sua cor preferida, combinava com a pele bronzeada dela e havia renda ao redor do pescoço, quase como em uma camisola. Enquanto se aproximava do outro lado da rua, reduziu o passo e fez um gesto de cabeça. Ela sorriu de volta e ele parou. Nunca tinha parado antes, mas ela nunca antes tinha realmente sorrido, e, de algum modo, Chi-Chi devia saber que aquela era a cor preferida dele. Bobby subiu os degraus oferecendo uma cerveja, mas ela simplesmente deu as costas, abriu a porta de tela para ele e entrou. Ele a seguiu com rapidez, mas então ela parou perto da escada e pediu que ele saísse. Bobby não sabia que tipo de jogo ela estava fazendo, mas pôs a cerveja de lado e lhe disse como era bonita e como ele ficava feliz de vê-la todo dia. Ela sorriu novamente, mas ele notou que o rosto se retorcia um pouco, e ficou claro que estava assustada, e isso o deixou puto, sobretudo quando ela tentou passar por ele na direção da porta da frente. Ele a segurou e disse para parar tudo o que estava fazendo. Podia ficar assustada se quisesse, mas ele não ligava porque sabia o que ela queria. Agarrou seus cabelos e ombros, mas ela escapou, pegou um cinzeiro no assento de uma cadeira e o acertou na têmpora. A visão de Bobby ficou branca por um momento enquanto a encarava. Ele berrou com ela ao mesmo tempo que lhe agarrava um braço e o torcia.

— Você sabe quem eu sou?

Ela começou a chorar e lutar, e, finalmente, ele a socou na barriga enquanto ainda segurava seu braço e sentiu o corpo dela ceder. Chi-Chi voou na direção da parede e ele a socou de novo, dessa vez na cabeça. Enquanto ela ia caindo no chão inconsciente, ele recuperou o fôlego e olhou ao redor, tão assustado que só depois se deu conta de que estava se esfregando por cima da calça para se acalmar. Pegou a cerveja e correu para casa, trancando-se no quarto e bebendo meia garrafa de vodca até conseguir dormir.

Bobby disse à mãe para contar às pessoas que ele não estava em casa caso surgisse alguém o procurando. Não tinha certeza se o irmão de Chiquita apareceria ou se ela estava morta. Mas por que ela fizera aquilo? Por que as garotas bonitas sempre eram tão burras? Esse pensamento ficou girando em sua cabeça, abafado apenas pelos berros da mãe enquanto tentava impedir a polícia de chegar à porta do quarto dele. A mãe estava preocupada com seu estoque, então sustentou uma valiosa resistência, mas Bobby simplesmente abriu a porta e foi calmamente com eles, chocado com todos os acontecimentos da tarde. O mais difícil era acreditar que Chi-Chi daria queixa dele quando a família vendia OxyContin em casa e ela tinha um irmão que pesava cem quilos e era perfeitamente capaz de lidar com Bobby sozinho.

Era a primeira vez que Bobby ia para a cadeia, então ficou isolado e até conseguiu antibióticos para o corte feito pelo cinzeiro em sua cabeça, que já infeccionara. Chiquita estava viva, e o defensor público, que, podia-se dizer, estava impressionado com ele, riu da ideia de o Estado pegá-lo por tentativa de homicídio. As coisas correram de acordo com o planejado, e Bobby viu o tribunal funcionando ao seu redor como se fosse um programa de tevê. Ele acabou se declarando culpado de agressão e conseguiu demonstrar alguma emoção que soava como arrependimento, então antes de ser mandado para a prisão, o defensor público disse a Bobby que ele cumpriria apenas três anos, não cinco, e que era uma oportunidade de mudar. Só ao chegar à prisão em Trenton, Bobby entendeu como teve sorte pela concussão de Chiquita tê-la impedido de lembrar que ele estava lá para estuprá-la. Tudo poderia ter sido muito pior.

*

Mark só tivera algumas poucas mulheres na vida, e, afora Karen, nenhuma delas ele havia escolhido ou buscado. Após sofrer diversas rejeições no colégio – incluindo uma garota que recusou sua aproximação explicando que a origem de seu apelido de escola, "Moonstone", não era uma brincadeira com o sobrenome Breakstone, mas uma referência à forma de lua de seu rosto –, Mark se afastara socialmente, descobrira a corrida cross-country e se consolara com fotos de anuários e catálogos, já que a pornografia o deixava constrangido.

Quando perdeu a virgindade na faculdade, foi um prazer despertar ao lado de carne de verdade. Ela foi gentil quanto ao seu desempenho, e eles adotaram o hábito, embora ele não sentisse nenhuma atração por ela. Não era feia, mas era um pouco pesada e a primeira de todas as mulheres barulhentas, ousadas e livres com as quais ele dormiu antes de Karen e que o seduziam com um ar de caridade. De sua parte, esperava-se que as apoiasse silenciosamente em seus sonhos irreais de desenhar roupas e escrever para revistas, ao mesmo tempo que ficasse do seu lado nas disputas, em especial contra todas as outras mulheres claramente invejosas.

Mark continuou tomado pelo desejo e passou a odiar o ato depois da primeira vez com qualquer uma delas, de modo que entrou no mercado de trabalho celibatário, esperando que seu ordenado – ou o que a idade fizesse com seu rosto – atraísse outro tipo de mulher. Só concordou com um encontro, como uma experiência de socialização, com os maliciosos ex-atletas do escritório. Ele, como era exigido, anunciaria seus feitos com aquelas mulheres cada vez mais desesperadas, mas então recuou, nunca tendo se revelado a ninguém e descobrindo que o prêmio maior do sexo era algo distante quando obtido com falsa intimidade. Ele tinha muita consciência do quanto Karen mudara sua vida tantos anos antes. De fato, se lembrava disso com frequência desde que a nova trainee, uma asiática de vinte e seis anos, começara a pegar café para ele.

Havia tão poucas mulheres no escritório de Mark que qualquer presença feminina se tornava objeto de fantasia; além disso, a estagiária tinha um MBA e era desse novo tipo de garota que equivocadamente achava que ser o mais grosseira e explícita possível era um imperativo feminista. Sua boca não lhe dava nenhum poder, em vez disso, a tornava uma espécie de brinquedo para os gerentes, que a mandavam buscar café enquanto criticavam seus trajes com mensagens explícitas. Mark, claro, não participava, mas ficava igualmente intrigado, às vezes excitado a ponto de imaginar a estagiária quando ele e Karen por vezes faziam amor.

O caminho para o quarto de Mark e Karen se tornara cada vez mais cheio de obstáculos, a despeito da promessa feita depois de Orlando, de passar mais tempo nos braços um do outro. Eles tinham começado com uma noite de namoro marcada, mas ambos acabavam tendo problemas, Mark com o trabalho e Karen com Heather, então com doze anos, precisando de atenção com a vida acadêmica e social em sua escola particular exclusiva só para meninas.

A despeito do fato de que Heather continuava a ser popular e uma excelente aluna, Mark concordava com Karen em que a filha deveria ter professores particulares em todos os assuntos, além de suas outras aulas variadas. Essa agenda era exaustiva para Karen, mas permitia que ela monitorasse as amizades de Heather com a atenção necessária, já que a filha não via as pessoas criticamente e, com frequência, era explorada por garotas grudentas e desajustadas que a usavam para subir socialmente ou como espelho para seus dramas autocentrados. Então, enquanto a noite romântica desaparecia em uma série de cancelamentos de lado a lado, Karen se desculpava e Mark fingia se sentir desprezado, mas compreensivo, embora estivesse aliviado – e lhe pesava saber que, quando não pensava na estagiária, não conseguia um bom desempenho.

Certo dia, a estagiária fechou a porta da sala de Mark e rapidamente caiu em lágrimas, imaginando o que estaria fazendo de errado e por que ele era o único que a levava a sério. Ele sentiu uma onda de calor na cabeça que se transformou em suor e gaguejou até ela conseguir se recompor, enxugar os olhos, sussurrar que ele era a única coisa boa naquele lugar idiota e sair do escritório. Mark sabia que sua reação às declarações dela havia sido honrada, mas também sabia o que havia realmente se passado e que poderia se valer dos sentimentos dela em algum momento num futuro próximo sem muito medo de uma rejeição.

Mark foi para casa cedo e se sentou na cozinha até que Heather e Karen finalmente chegassem em casa. Elas tinham jantado depois de uma partida de tênis improvisada após a aula de Heather, e ele não conseguiu controlar o volume da voz enquanto dizia a Karen que não comera nada e não iria mais tolerar ser a última coisa em sua cabeça, que aquela era uma família e que ele fazia parte dela, e por que diabos ele não podia jantar ou jogar tênis com Heather.

Heather acompanhou a situação com olhos úmidos desde a sala de estar, embora tivesse recebido a ordem de sair, e Karen, nunca tendo pensado em nada daquilo, ficou arrasada de remorso e prometeu que as coisas iriam mudar. Sugeriu como solução que a manhã de sábado fosse de pai e filha, e disse que tinha agido sem pensar. Naquela noite, Mark teve um sonho no qual a estagiária e Heather almoçavam com ele em seu carro em alta velocidade, e que Heather, de repente, abria a porta e saltava.

Na manhã seguinte, Mark se deu conta de que a idade não melhorara em nada a sua aparência. Seus cabelos estavam lá, mas ele ganhara peso, e quando finalmente descobriu como funcionava a balança de Karen, que calculava o índice de gordura corporal, viu que estava dez quilos mais pesado que no colégio e que a maior parte disso se concentrava no queixo e nas bochechas. Decidiu voltar a correr, e o benefício foi que seus pensamentos sobre a estagiária desapareceram e, a não ser nos primeiros dias da primavera, quando o Central Park estava repleto de garotas pálidas seminuas, não sentiu qualquer apelo sexual, terminando cada dia exausto e calmo.

Sua maior satisfação passou a ser seu único dia sozinho com Heather no fim de semana. As idas ao cinema, ao museu ou às compras eram sempre memoráveis, porque coisas engraçadas aconteciam com Mark, como ter o pé pisado por um cavalo perto do Plaza Hotel, e Heather, com seu sorriso natural e energia de menina, sempre conseguia criar um tumulto com estranhos, e os dois raramente saíam de algum lugar sem que alguém lhes desse algo de graça.

*

Poucos dias depois de chegar à Prisão Estadual de Nova Jersey, Bobby fez exames psicológicos obrigatórios e foi recrutado pela gangue que pregava a supremacia branca após descobrirem seu sobrenome polonês. Ele então teve os cabelos cortados bem curtos e recebeu uma surra em uma sala perto dos chuveiros como iniciação. A princípio, ele não entendeu que deveria apenas levar os socos, os chutes e as cabeçadas dos seis skinheads reunidos, e resistiu, sua força surgindo em um frenesi agitado de golpes que os surpreendeu. Finalmente, Bobby perdeu a consciência quando um deles sentou em seu peito, mas a saraivada de golpes e a briga inteira o fizeram sentir seu corpo como se fosse a primeira vez, e a visão de sua ereção involuntária ao desmaiar lhe garantiu uma distância cautelosa e o apelido de "Pau Duro" pelo resto de sua estadia.

Bobby não tinha paciência para a gangue, especialmente porque o principal assunto entre seus membros não era a supremacia racial, mas a lei. Nenhum deles achava que devia estar ali, pelo menos não por aquilo que, de fato, os encarcerara; eles usavam palavras como "encarcerados" e eram ainda mais previsíveis do que as pessoas que estavam do lado de fora. Bobby ouviu algumas informações que o deixaram certo de que, se tivesse matado Chi-Chi, não teria cumprido tempo algum, já que ela era a única testemunha, ele nunca deixara esperma para trás e não tinha registro policial, a não ser por ócio, vagabundagem e uma coisa de furto a loja quando era menor de idade. Agora ele sabia que deveria ter matado e depois roubado algumas coisas para simular um assalto, e se assegurado de se livrar das coisas no lixo, não vendê-las, não importando quão valiosas fossem. Todas as outras conversas eram queixas intermináveis que pareciam patéticas para Bobby, que gostava da comida e do seu trabalho na lavanderia, em que às vezes podia se enrolar nos lençóis quentes.

Bobby não gostava exatamente da prisão, mas o lugar era organizado, e ele aprendeu muito. Por causa de uma falha no funcionamento burocrático e uma suposição imprecisa de que Bobby insistiria em ter um médico branco, foram necessários meses para fazer seus exames e constatar que ele deveria ser avaliado por um psiquiatra. Isso ocorreu em uma sala com carpete azul, o que empolgou Bobby depois de todo linóleo e blocos de cimento. Ele planejou passar por aquilo como tinha feito com as assistentes sociais, contando sua verdadeira história e tentando fazê-las chorar. Mas o médico era bonito como um astro da tevê, não velho demais e objetivo, e Bobby via que estava com medo.

O psiquiatra perguntou a Bobby sobre sua vida, como se sentia sobre si mesmo e o que o fazia feliz, e Bobby contou a versão mais triste que conseguiu, baixando os olhos no fim das frases e mencionando suas caminhadas pelo imundo rio Passaic. A maioria das perguntas do médico foi sobre como Bobby se sentia em relação às outras pessoas. Ele queria dizer a verdade, que o mundo exterior lembrava a ele um zoológico em que os animais ficavam de pé em sua própria merda e que só os via com pena e curiosidade enquanto guinchavam uns com os outros, mas em vez disso falou que não pensava no assunto.

Então o médico passou a ser direto e duro, e meio que sugeriu algumas coisas que Bobby fingiu não entender de modo a conseguir mais informações, como o fato de que ele era esperto, sabia que era esperto, era um garoto de boa aparência que gostava de mentir por ser mais fácil. O médico provavelmente estava tentando tornar Bobby violento, especialmente quando se levantou, disse que o jogo tinha acabado e que Bobby deveria parar de achar que estava acima de qualquer dinâmica social, que Bobby entendia como as pessoas se comportavam, mas isso não influenciava sua vida porque ele não seguia o mesmo conjunto de regras. O médico finalmente se sentou para enfatizar e disse:

— Se você não pode mudar, controle-se. Você pode fazer qualquer coisa.

Bobby saiu da sessão feliz e tomado pela expectativa de algo, a ideia que tinha de si mesmo se juntando ao que ele realmente era. Fosse a sobremesa de alguém, um belo carro visto em uma revista ou a garota de biquíni ao lado, ele sempre se excitava quando pensava sobre as coisas que poderia ter. Tudo o que o médico dissera era verdade para Bobby, ele era tão esperto que os outros o entediavam, era uma luz brilhante entre as pessoas com todo o poder do céu, e podia estuprá-las e matá-las a qualquer momento que quisesse porque era para isso que elas estavam na Terra.

Durante a única visita de sua mãe, após tê-la convencido de que não tinha dinheiro, Bobby perguntou se ela sempre soubera o que ele era. Tentou explicar o mais diretamente possível, que ele era esperto, poderoso e tudo mais, mas interrompeu sua explicação ao ver que ela estava confusa, então ficaram sentados ali na sala de visitas por um momento. Ela o encarou antes de perguntar:

— Quem porra você pensa que é?

Bobby aceitou a pergunta do modo como recebera os mil tapas que levara na cara, sorrindo em resposta, já que não valia a pena.

Três

Aos cinquenta e cinco anos de idade, o grande desinteresse de Mark pela esposa chegou ao auge, coincidindo com a entrada da filha na puberdade. Karen destacou, um tempo depois, todas as mudanças físicas de Heather, mas Mark realmente não notou muito mais que o fato de ela ter se tornado mais alta que a mãe. O que ele percebeu foi que havia uma discórdia entre Karen e Heather, inicialmente acalorada, depois gelada, e Mark sentiu uma tensão tão grande que eclipsou seu desconforto com a esposa. Ele podia ver que Karen se sentia inútil à medida que a filha se tornava mais reservada e sua discrição ainda mais agressiva, mas, para Mark, que em geral passava menos tempo com ela, felizmente não foi tão diferente.

———

O tempo de pai e filha no fim de semana foi cancelado mais de uma vez, mas, se Mark não se opusesse, ela garantia que isso iria continuar, ou mesmo marcava um café da manhã fora no fim de semana. E Heather não era tão hostil com ele, embora não partilhassem muitas coisas, uma vez que ele se recusava a participar das conversas críticas de Karen. Mark sentia que tomar parte de discussões assim era pior que trair e instintivamente soube que, para a filha, seria melhor tê-lo como pai e não como colega ou confidente. Então, eles conversavam sobre os filmes que tinham visto, o quanto a cidade havia mudado ou para onde iriam nas férias seguintes, porque Mark queria incluir Heather em todos os planos com algum tipo de investimento emocional, já que não conseguia imaginar uma viagem sem ela.

Certa manhã, Mark descobriu que Heather não era mais criança quando ela pediu uma xícara de café. Karen odiava café e supôs que a filha queria apenas parecer madura, mas Mark temeu que fosse outra coisa. Lembrou que a irmã começara sua dieta terminal dessa forma, até finalmente passar para canecas de água quente que a faziam se sentir cheia e ajudavam em sua equação de magreza, que era o cálculo de calorias consumidas em relação ao tempo, de modo que, quando não estivesse comendo, ela sempre ganhava mediante a perda gradativa de seu próprio eu medonho.

Ele finalmente concordou com o café desde que também incluísse um muffin ou algo assim e esqueceu completamente a comparação ao ver a filha comer, sabendo que ela recebia o prato com um entusiasmo indisfarçável para alguém com distúrbio alimentar. Heather o fazia lembrar a irmã de outras maneiras, especialmente por seu caminhar arrastado, mas ela nunca viu o próprio corpo com desgosto, e Mark sabia que, ao contrário de sua irmã, que passara fome para evitar seios, menstruação e homens, Heather seria uma adolescente normal, o que tampouco era reconfortante.

Logo haveria namorados. Ele os vira no caminho para a escola, alguns com gravata afrouxada, outros de suéter com capuz, fedendo a desodorante forte e com camisinhas na carteira, e temeu que tentariam se lançar sobre Heather para depois se recomporem apressadamente quando o ouvissem chegar e o chamariam de "senhor". Mark sabia que queria ser avô e, claro, vê-la casada e feliz, mas ela acabaria fora de sua vida de um modo ou de outro, e ficou tão preocupado com o futuro próximo que temeu estar perdendo seus dias especiais no fim de semana tirando fotos demais e registrando momentos enquanto eles aconteciam.

Heather aprendeu a fazer um ótimo café, ajustando o moedor e escaldando antes o jarro com água quente, e Karen levantava cedo e comprava coisas assadas para eles, mas sentia que não era bem-vinda, então começou a ir à academia. O beber e mordiscar sonolentos de Mark e Heather eram rotineiros e silenciosos, mas eles ficavam em paz juntos, e isso parecia despertar em Karen sentimentos profundamente mesquinhos.

No Natal, Karen comprou para Mark uma cafeteira italiana feita à mão de mil e duzentos dólares que vinha com instruções em vídeo porque nunca funcionava duas vezes do mesmo modo. Mark ficou empolgado e comovido até Karen alertar que a máquina era perigosa demais para que

Heather a usasse e complicada demais para Mark e, como ela era a única que havia visto a demonstração, podia fazer, e faria, o café deles dali em diante. A isso, Heather reagiu com um "Jesus, isso é patético". E, pela primeira vez, Mark concordou silenciosamente.

*

Após três anos e meio, Bobby se viu do lado de fora dos muros da prisão, mas sendo obrigado a voltar para casa. Nova Jersey tinha uma política de soltura que não fornecia "bolsa condicional", roupas novas, formação profissional ou viagem. Em vez disso, oferecia inscrição para benefícios sociais, vale-alimentação, desconto em passagens de ônibus e de trem e uma oportunidade de se registrar para votar. A mãe de Bobby o buscou em um Jeep Cherokee pertencente ao novo namorado, um ex-operário bonito e bêbado. Bobby chegou em casa e não encontrou a televisão ou o computador, os eletrodomésticos da cozinha tinham sumido, o carpete fora arrancado e um dos banheiros tinha sido totalmente desprovido de instalações. Eles estavam metodicamente desmontando a casa, trocando cada peça por comprimidos que usavam para comprar heroína.

Sua mãe e o namorado passavam a maior parte do tempo no escuro porque todas as lâmpadas estavam no quarto em que tentavam cultivar maconha. O antigo quarto de Bobby estava exatamente como ele o deixara, exceto pelo fato de que era agora o quarto deles, e que eles o deixariam pegar de volta sem cobrar aluguel até que seu auxílio começasse a ser pago. Os lençóis salpicados de sangue e os copos descartáveis vermelhos reviraram seu estômago quando ele se encolheu para dormir naquela primeira noite, exausto demais para criar um plano além de terminar a garrafa de vodca que tinham deixado na pilha de listas telefônicas que funcionava como mesinha de cabeceira. Ele não bebera um drinque por anos, e, à medida que o calor se espalhava por seu peito e subia para o rosto, Bobby foi tomado pela paz de não estar na prisão e escutou, com lágrimas nos olhos, as árvores se agitando com o vento do fim de primavera do lado de fora da janela do quarto.

O agente de condicional de Bobby fazia longos discursos encorajadores sobre aproveitar oportunidades e sempre garantia cinquenta dólares e um Big Mac. O agente era jovem, negro e foi realmente solícito quando se deu conta de que Bobby só era um skinhead na aparência. Até mesmo procurou o depósito de madeira para que devolvesse o antigo emprego de Bobby, atestando que o crime era agressão dolosa, não roubo, e que o rapaz fora libertado por bom comportamento.

Certo dia, Bobby teve de interromper uma briga entre a mãe e o namorado, apareceu com um olho roxo e acabou revelando ao agente que, embora dividir heroína tivesse sido o começo do romance deles, o consumo aumentara e os obrigara a disputar impiedosamente cada dose. O agente disse que Bobby era um sobrevivente e o incitou a sair da casa assim que fosse possível.

Bobby havia contado demais, mas o homem realmente se importava com ele, e, semanas mais tarde, depois que a polícia interferiu em outra festa noturna que terminou mal, o agente foi peremptório sobre Bobby economizar dinheiro e se mudar; perguntou como se esperava que ele "ressurgisse das cinzas tal uma fênix se estava vivendo em um ambiente tão depravado?". Bobby sabia que isso era verdade e limitou suas despesas a três macacões, botas de qualidade, um terço do aluguel e dois garrafões de vodca por semana.

A madeireira não tinha mudado, e o contato de Bobby com as clientes se limitava a longos olhares enquanto elas percorriam os corredores em busca de lâmpadas ou massa de calafetar. De seu lugar na empilhadeira, ele as observava circulando, claramente procurando homens e não encontrando nada que mereciam, como corda, luvas ou ele. Nunca seguiu uma delas sequer além do estacionamento, em vez disso percorria o antigo bairro, agachava-se atrás de carros ou deitava-se à beira do rio para tê-las cruelmente em sua cabeça.

Em Harrison, professores e artistas tinham chegado, então Bobby só se preocupava em ser roubado pelos drogados em casa e guardava os seus dois mil e trezentos dólares dentro do forro do casaco. Vestia o traje pesado o tempo todo, trancando-o até mesmo no banheiro enquanto tomava banho. Às vezes, se despia e deixava a água correr enquanto contava as notas e imaginava mudar para algum lugar em que houvesse garotas, não apenas garotos gays e velhos polaços, e nesse novo lugar ele compraria um carro e alugaria um quarto com uma pequena geladeira em que poderia manter suas bebidas geladas enquanto assistia à tevê.

No começo de setembro, um furacão trouxe calor extremo e umidade desgastante, e sua necessidade de vestir o casaco despertou tanta desconfiança que o namorado da mãe se esgueirou para dentro do quarto dele à noite e bateu na cabeça de Bobby até que seu sono se tornasse inconsciência. Ele acordou um dia depois encharcado de suor e tonto, tendo faltado ao trabalho, e foi até a cozinha, onde encontrou a mãe doidona, com um olho roxo e droga para dois dias apertada na mão, tudo o que restara do namorado. Ela estava tão desorientada que, a despeito da dor na cabeça, Bobby conseguiu injetar tudo nela, esperar que a mãe tivesse convulsões e desmaiasse antes de colocá-la em uma banheira cheia e incendiar a casa arrastando a churrasqueira acesa para a sala de estar.

Em um leito na emergência, Bobby contou à polícia como tinha acordado com a casa em chamas após ter sido violentamente agredido e roubado pelo namorado da mãe.

Tendo investigado ambas as partes em diversas ocasiões, a polícia concluiu que aquele era um resultado inevitável. Bobby decidiu não dar queixa, e isso ajudou seu agente de condicional a transferi-lo por segurança; agora mais sábio, Bobby resolveu não contar ao agente como ansiava por uma oportunidade de matar o namorado da mãe ou de se vangloriar sobre como ele realmente tinha ressurgido de um incêndio.

*

Quando percebeu que Heather, então com treze anos, estava mudando, primeiro ficando mais alta e magra e depois com os seios começando a brotar, Karen foi tomada por uma agradável preocupação e levou a filha para comprar sutiãs, revivendo a própria adolescência e partilhando a sabedoria de que essas mudanças realmente eram para melhor. Atrás da cortina de banho transparente que servia de provador da butique de sutiãs de Madame Olga, elas riram como amigas, a estrangeira medindo e apertando Heather para conseguir um ajuste perfeito, sob medida. Karen até deu a Heather um vale-presente que lhe permitiria comprar mais sutiãs à medida que crescesse, sem ter de arrastar a velha mãe junto.

———

Heather ganhou um telefone celular, recebeu permissão para ficar mais tempo fora de casa e foi, inclusive, levada de carro à Filadélfia para assistir a um show de rock barulhento e cheio de drogas. Ainda assim, Karen ficou imaginando se sua abnegada antecipação à rebeldia de Heather não a teria desencadeado, já que isso chegou em uma onda enorme poucas semanas depois. Obrigações e telefonemas foram ignorados, o horário de chegar em casa não foi respeitado, maquiagem sumiu, roubada, e a higiene de Heather primeiro decaiu e depois se tornou radical, com dois banhos por dia.

Durante o ano seguinte, Heather descobriu usos catastróficos para seu poder recém-adquirido, como abandonar todas as suas aulas e deixar de ouvir a voz da mãe com tamanha frequência que Karen a levou a um fonoaudiólogo. Certa noite, após ser repreendida por jantar com fones de ouvido no pescoço, Heather foi calmamente para o quarto, bateu a porta e o silêncio se fez. De repente, toda conversa era sobre banalidades, e nada, nem o clima, a eleição, nem mesmo a sopa salgada podiam ser comentados com mais de uma palavra.

———

Esse silêncio provocou tanta ansiedade em Karen que, mesmo após um mês examinando o celular da filha enquanto ela dormia, seu medo não havia sido controlado. A chegada da menstruação de Heather foi descoberta um pouco depois, quando Karen encontrou uma caixa de absorventes internos sob a pia do quarto de hóspedes e se deu conta de que o discurso choroso que preparara sobre as futuras maravilhas da maternidade e do amor marital perdera a validade havia tempo, deixando-a com nada mais a oferecer exceto conselhos práticos sobre não jogar coisas no vaso.

Desde o primeiro dia de Heather na escola, Karen ficara com as outras mães na entrada, todas em roupas de ginástica, debatendo sobre ir ou não a um café, e a jactância era constante. Embora fosse Karen quem mais tinha motivos para se gabar, ainda saía desses diálogos se sentindo inadequada, desarticulada e desarmada. Também descobrira que, se elas iam a um café ou almoçar, era sempre em grupo, ela nunca escolhia o restaurante e suas tentativas de conduzir a conversa a partir de determinado assunto ou emoção sempre eram ignoradas. Isso era duro, pois Karen sabia que, não estando ali, ela se tornaria o assunto, e sabia que as pessoas que se vangloriavam estavam expressando as próprias inseguranças despertadas por ela mesma, mas nada disso eliminava a medonha sensação que tinha de si como o cocô do cavalo do bandido. Então decidira evitar a coisa toda, nunca concorrer à associação de pais e mestres ou oferecer qualquer coisa além de pratos de papel. Seus serviços seriam claramente indesejados, desnecessários e, imaginou, certamente não recompensados.

As suspeitas de Karen se confirmaram quando, pouco antes da formatura de Heather no fundamental, uma das mães a convidou para uma sessão de bicicleta ergométrica. A caminho de lá, quando já se aproximavam da academia na rua 83 com Terceira Avenida, a mulher sugeriu, em tom casual, que Mark e Karen subsidiassem integralmente a festa de patinação e o jantar dançante da noite de formatura. Ela argumentou com Karen, sorrindo, que sabiam que a família era ocupada e que devia participar da escola de alguma forma. Afinal, eles não queriam constranger Heather, queriam? Karen parou o exercício na metade antes que seu ritmo superasse o do monitor cardíaco da bicicleta e foi embora no que acabou descobrindo ser um grande ataque de pânico.

———

Essa nova distância de Heather a deixava insuportavelmente solitária, e a própria mãe de Karen simplesmente rira de tudo e dissera que Heather ficaria bem. Então, depois de um breve período de psicoterapia que, previsivelmente, se transformou em uma irritante discussão sobre a própria infância, Karen se tornou ela mesma raivosa e temperamental. Começou a provocar a filha com regras arbitrárias e punição excessiva, cortando dinheiro e até mesmo tendo conversas fictícias nas quais interpretava os dois papéis, imitando o tom distante da filha. Finalmente, depois de Heather ter sido obrigada a cancelar uma noite em que dormiria na casa de uma amiga por causa da neve, ela apareceu à porta do quarto de Karen e disse:

— Sei que você não quer que eu tenha amigos porque você não tem nenhum e tem medo de que eu a abandone.

Depois foi embora. A empatia de Heather havia amadurecido como tudo mais nela, e era então penetrante ao ponto de doer.

Karen parou de dormir e ficava deitada acordada, já que Mark ocupara o sofá permanentemente. Tinha saudades da sua garotinha na cama com eles, suando de febre, soluçando depois de um pesadelo ou sussurrando consigo mesma enquanto suas bonecas percorriam a superfície do edredom. Um dia, no Central Park, enquanto pegavam seus cafés gelados no restaurante perto dos barcos a vela, Karen derrubou a bolsa e o conteúdo se espalhou pelo piso de cimento. Um jovem casal de turistas franceses começou a ajudá-las a recolher as coisas, e, nesse momento, Heather disse: "Muito obrigada. Minha amiga é meio desajeitada". Karen ficou tão perturbada que Heather empalideceu, temendo ter ferido a mãe irreparavelmente. Deus, ela era tão bonita, e Karen estava lá à disposição dela, mas ainda assim a deixava ser independente, e ninguém ria mais, e graças a Deus Heather era modesta, porque atenção demais não produzia pessoas legais. Só então Karen se deu conta de que reagira desse modo porque tudo o que sempre quis era que Heather fosse sua amiga.

Por mais que Karen odiasse a perda do que havia tido, o que realmente odiava era que Mark colhesse os frutos de todo o seu trabalho duro, exagerando seus próprios conflitos com a filha quando na maior parte das vezes eles gostavam da companhia um do outro e de seus interesses em comum, como café, compras e deixar que Karen fizesse o que quisesse.

*

O verdadeiro problema na casa dos Breakstone começou quando um gerente de *hedge fund* com esposa e dois filhos comprou a cobertura. Eles planejavam reformar o apartamento por completo e ofereceram a todos os novos vizinhos uma redução de seis meses nas taxas condominiais se pudessem criar uma passagem desde sua futura cozinha até uma caçamba de lixo durante a demolição. O condomínio habitualmente obstrucionista ofereceu um acordo ao seu mais novo e muito generoso morador, e o gerente de *hedge fund* concordou em aproveitar o momento de inconveniência para também reformar à sua custa o exterior do edifício. Houve, ao mesmo tempo, inveja e desconfiança nos elevadores, mas, em algumas semanas, andaimes envolveram o prédio inteiro e quase todas as famílias escolheram se mudar.

Mark sabia que Karen seria a mais afetada pela construção durante o dia, mas sua sugestão de se transferirem para um imóvel mobiliado em Carlyle Tower revelou que Karen claramente não estava interessada em uma mudança tão drástica, mesmo que temporária, e sofria simplesmente com a ideia de ter de transferir a correspondência. Então eles permaneceram no prédio com a opção de partir se as interrupções de água e energia elétrica ou o barulho constante se tornassem um transtorno grande demais. Heather não teve direito a voto, mas eles se iludiram com a ideia de que sacrificavam seu conforto para que ela pudesse manter a rotina de vida essencial ao bem-estar de uma adolescente.

A beleza do outono em Nova York não passou despercebida por Mark, mas logo ficou evidente que aquela estação seria tão triste quanto o mais longo mês de fevereiro. Depois do Dia do Trabalho, ele recebeu um memorando desalentador sobre os bônus de fim de ano, e, uma semana depois, a batalha da construção foi travada e perdida. O pior de tudo foi que Heather começara o nono ano no colégio ingressando com entusiasmo na equipe de debates, e suas tardes e fins de semana eram ocupados com ensaios e torneios, algumas vezes fora da cidade.

Ela era boa nisso e estava se tornando política e controversa, embora seu encanto natural fizesse parecer razoável tudo que dizia. Ela ainda era amável e falante com ele, mas totalmente obcecada, e Mark odiava que o café dela fosse levado para viagem nas caras garrafas térmicas que Karen comprara e que ela viajasse para Buffalo, Chicago e Dallas em voos de ponte aérea. Acima de tudo, ele odiava que houvesse pernoites em hotéis com farras reunindo estudantes de ambos os sexos, toda viagem em equipe marcada por algum incidente, nunca envolvendo Heather, mas garotas mais velhas, álcool e trocas de quartos.

Heather lhe garantiu que ainda se irritava com meninos e preferia sua escola feminina, onde, para conseguir um namorado, ninguém tinha de esconder que era inteligente ou ambiciosa, e Mark se deu conta de que todos os pensamentos de Heather eram profundamente razoáveis e apresentados como posições a ser defendidas. Ele começou a ler o jornal para poder acompanhá-la, já que suas próprias opiniões com frequência eram datadas e baseadas em estatísticas contestadas havia tempo. Mark adorava as novas discussões intelectualizadas que mantinha com a filha, não importando quão acaloradamente argumentadas, porque regularmente era humilhado pela lógica dela e se sentia orgulhoso de que uma garota criada naquele mundo, naquelas escolas, pudesse ter uma empatia econômica tão profunda.

O único tema proibido era o prédio, pois Heather estava empolgada com as mudanças e Mark com raiva do desastre de barulho e pó, acreditando ser culpa sua. Ele atraíra a construção sobre eles por nunca ter ganhado dinheiro suficiente para comprar a cobertura, ou, mais importante, por não ter conseguido abrir caminho para a Quinta Avenida, onde não havia problemas como esses e você podia olhar para o Central Park e lembrar apenas os prazeres da infância.

Com duas semanas de reformas, Karen começou a planejar o aniversário de catorze anos de Heather, que incluía muitas idas desnecessárias a várias padarias e restaurantes para inspeções pessoais. Ao fazer reservas em dois lugares diferentes, ela mandou à filha uma mensagem de texto perguntando se preferia francês ou italiano para o jantar de aniversário. Alguns minutos se passaram, Karen percebeu que não receberia uma resposta tão cedo e começou a descer a Lexington Avenue em ritmo acelerado, redigindo outras mensagens em sua cabeça sobre como fizera uma reserva para quatro, de modo que uma amiga pudesse ir, como não poderiam comer em casa por causa da poeira e como não queria festejar nada lá, e o que mais podia dizer, era o maldito aniversário de Heather, ela iria jantar ou não?

Quando ela irrompeu no apartamento, sentiu o calor extremo subindo do aquecedor que ficava no porão, que não havia sido ajustado de acordo com aquele clima atipicamente quente para a estação, e correu depressa para a cozinha, onde tinha fechado a janela por causa do barulho, e a escancarou, jurando nunca a fechar novamente. A cozinha ainda brilhava, perto demais do prédio ao lado para permitir andaimes, e enquanto Karen recuperava o fôlego, ficou na janela baixa, as mãos no parapeito estreito, olhando para a queda de nove andares, estudando as possibilidades drásticas de mudança permanente.

Karen reconheceu o pânico e, após tomar dois anti-histamínicos com uma taça de vinho branco, sentou-se à mesa da cozinha e fez a segunda lista de sua vida, uma coluna marcada como "Razões para viver" e a outra, "Razões para não viver". Será que Heather ainda estava no alto das coisas positivas? De algum modo, a clareza se fez e Karen começou a avaliar cuidadosamente outros caminhos para ter um objetivo, incluindo voltar a trabalhar em publicidade ou fazer cirurgia plástica para erguer os seios e os olhos. Sabia que esses planos eram suficientemente bons para fazê-la superar a adolescência de Heather e que uma postura de independência lhe faria bem quando sua filha amadurecesse e voltasse para ela. Também sabia, enquanto estudava o papel, que Mark não aparecia como razão para coisa alguma.

*

Ao deixar Harrison, Bobby tinha perto de mil e duzentos dólares, parte vindos de benefícios governamentais por morte e parte de uma coleta feita no depósito de madeira em solidariedade pelo falecimento de sua pobre mãe. Com a ajuda de seu agente de condicional, Bobby procurou um novo trabalho em um lugar diferente e terminou em um motel-residência em North Bergen, perto da área chamada Rotas 1 e 9. Um bom lugar para conseguir trabalho, já que era uma rodovia federal sem pedágio e terminava no Túnel Holland, transformando toda a via em uma oficina dilapidada e barracão de ferramentas para a cidade de Nova York. Ele seguiu o conselho do funcionário que lhe recusou emprego no depósito local e ficou de pé no estacionamento, na companhia de homens e meninos que esperavam que uma das várias picapes os pegasse para um trabalho de cinquenta dólares por dia. Ser jovem e forte não era suficiente para ser escolhido, então ele começou a imitar os mexicanos que sorriam com gratidão embora não estivessem felizes, nunca dividissem suas cervejas matinais e falassem espanhol na frente dele como se ele não estivesse lá.

Apresentar-se todos os dias, incluindo os fins de semana, fez com que Bobby começasse a trabalhar regularmente e a poupar dinheiro, e também abriu a possibilidade de que ele pudesse se tornar parte permanente de uma equipe em Manhattan. Ele nunca tinha passado muito tempo lá, a não ser em excursões da escola e no circo, e ficou empolgado com a viagem desde o instante em que a cidade surgiu à distância, quando fizeram a curva saindo do túnel e, de repente, viram de perto os prédios enormes. Os edifícios eram muito organizados, perfeitamente alinhados, cada caixa de aço tendo uma caixa de vidro; até mesmo os carros eram em sua maioria pretos e quadrados, e iguais.

A parte preferida de Bobby era depois que passavam pelo parque arborizado com os policiais a cavalo e podiam ganhar velocidade suficiente para que ele sentisse o ritmo entre as ruas enquanto cruzavam avenidas com rápidos clarões de céu.

Mas, nas calçadas, Bobby se sentia nervoso e observava tantas pessoas passarem sem estabelecer contato visual que aquilo o fez lembrar das primeiras semanas na prisão. Para aumentar seu desconforto, havia os cheiros, não de diesel ou lixo, mas o bafejo constante de odor humano, já que, aparentemente, a pele e o hálito de todos os estranhos fediam a cebola e vômito. O tráfego contínuo de pedestres e o caos geral do novo local de trabalho tornavam impossível para Bobby evitar interações com aqueles aromas, como quando senhoras idosas sopravam perguntas idiotas no seu rosto enquanto seguravam sacos plásticos cheios de merda quente de cachorro. Ele com frequência ficava tão enjoado com o fedor de naftalina e podridão humana que se escondia no apartamento esvaziado do último andar, normalmente acima do deque, para poder ficar sozinho com a vista e os vapores da manta asfáltica.

Foi do seu posto no telhado, no fim da tarde, que Bobby sentiu pela primeira vez os leves traços de um cheiro que o fez largar o café e inspirar. Seu nariz e pulmões se encheram com uma mistura de cigarro, sabonete e sangue que brotava de uma garota alta e magra conversando ao telefone, fumaça girando ao redor dos cabelos castanhos até os ombros, como se ela estivesse em chamas. Para qualquer outro, teria parecido que o tempo parara, mas Bobby não tinha noção de tempo, então as coisas eram interessantes ou tediosas e, no que dizia respeito a pessoas, ameaçadoras ou excitantes.

Ele a observou sabendo que ela pensava estar sozinha no telhado enquanto desenrolava a cintura da saia xadrez para cobrir mais das coxas macias e mastigava balas de hortelã, preparando-se para voltar ao prédio. Bobby olhou para a garota e sentiu um desejo tão forte que achou que poderia desmaiar ou ejacular.

A picape partiu às cinco horas em ponto naquela tarde, significando que ele não a veria novamente naquele dia, mas não foi difícil descobrir quem ela era, já que apenas duas ou três famílias continuavam morando no prédio e o correio ficava empilhado em uma mesa no saguão demolido. Ela se chamava Karen ou Heather Breakstone, morava no décimo andar e adorava catálogos e revistas perfumados.

Bobby passou a viagem de volta agitado, amaldiçoando-se por não ter tirado uma foto com o celular enquanto tentava reconstruir mentalmente o rosto e o corpo da garota, e quando chegou em casa procurou uma foto de qualquer adolescente que pudesse imaginar ser ela. O mais perto que conseguiu chegar foi de uma animadora de torcida em uma revista pornô, mas ela não tinha aqueles peitos perfeitos ou as coxas longas e roliças interrompidas pela saia xadrez, nem os pelinhos na bochecha que faziam parecer que ela havia sido borrifada com poeira de ouro sob o Sol.

Bobby não experimentara qualquer alívio ao matar a mãe. Simplesmente a deixara partir, seus atos tão práticos e firmes que nem mesmo colocar fogo na casa lhe dera satisfação. Seus impulsos haviam sido negados por tanto tempo que se tornaram um zumbido baixo de necessidade, um fluxo constante em seu corpo como se uma fonte percorresse seus membros.

Um vislumbre da garota era tudo que ele queria a cada dia, ou tudo que lhe era permitido, pois contato visual era proibido com os moradores, especialmente no caso de Bobby, que, como era sabido, tinha antecedentes. No início, ele a observava em um pedaço de espelho que encontrara no entulho, e depois pensou em usá-lo de modo mais inteligente, tirando fotos ou gravando vídeos no telefone, mas aquilo ainda era perigoso e, de qualquer modo, ele se recusava a colocar o emprego em risco por medo de não a ver mais. Começou a observá-la pelo cheiro, inalando a névoa de perfume que permanecia do lado de fora da porta do apartamento e no lixo dos Breakstone, especialmente o lixo dela, com suas bolas de algodão, cotonetes e outras coisas impregnadas do aroma de ferro. Ele sabia que nunca poderia se arriscar a entrar no apartamento, mas, às vezes, almoçava no andaime do lado de fora do quarto dela, olhando para o cenário real de suas ideias cada vez mais específicas.

Bobby tentava se acalmar enquanto aprendia os hábitos, a rotina e o cotidiano do que ele imaginara ser uma pequena família. A mãe e o pai dela, os porteiros, os amigos e mesmo o mestre de obras pareciam organizar suas vidas em função da presença da garota, do modo como Bobby fazia. Pessoas esperavam por ela ou a acompanhavam por um quarteirão, e todos sempre paravam para vê-la passar. Ele observava todos com o canto do olho, como em uma novela, a natureza da garota se tornando mais clara mesmo a distância, porque a família levava muito de sua vida na rua.

Heather, como Bobby agora a chamava mentalmente após descobrir um reluzente envelope quadrado vindo de algo chamado Fundação de Fibrose Cística endereçado à sra. Karen Breakstone, era talentosa com as pessoas do mesmo modo que ele era, especialmente com os pais; divertindo-se com o pai com cara de bebê e sendo dura com a mãe de seios pesados. Mas viu que, em todos os outros momentos, ela era muito diferente dele, risonha e confiante, amável com as amigas gordinhas, falando apenas de modo gentil ao telefone e até mesmo esfarelando os restos do muffin na calçada para os passarinhos.

Ela brilhava com vida mesmo quando estava sozinha, ou achava que estava.

Claro que um vislumbre dela não era suficiente; por sorte, com os dias ficando mais frios, as pernas arrepiadas de Heather estavam geralmente cobertas por calças de moletom largas na cintura, e, um dia, quando ela parou sob o toldo e se curvou, elas revelaram parte de sua calcinha azul-bebê. Bobby viu isso desde a caçamba junto ao meio-fio, mas não filmou. Não precisou, porque seus olhos se encontraram por um momento e, enquanto Heather atravessava a rua correndo para encontrar o pai, ela se voltou e lançou um breve olhar para Bobby, e ele tentou se lembrar de como sorrir.

Bobby agora sabia tudo que precisava saber, que seus planos eram modestos demais e deveriam ir muito além de apenas trancá-la em um quarto e possuí-la de todas as maneiras, de cima a baixo, em várias poses e posições. De todo modo, ele teria que matar Heather para não ser apanhado dessa vez, mas continuava pensando em quando fora à igreja católica da rua 13 com uma assistente social. Ele se lembrava de que, quando recebeu a hóstia e o vinho, realmente sentiu que se transformavam em algo em sua boca, como um toque de fumaça de cocaína queimada, e depois ele correu para casa em uma fúria de destruição, derrubando caixas de correio e latas de lixo, e até mesmo estilhaçando o para-brisa de um carro com o punho nu. Naquele momento, ele teve certeza de que sua força e seu poder vinham daquela pequena parte de Deus que ele comera e, durante meses, tentou comungar novamente, mas a assistente social tinha sido transferida, e Bobby era tímido demais para entrar sozinho em uma igreja.

Naquela noite, em seu quarto de motel, Bobby ficou deitado rígido na cama olhando para o rosto dela no telefone, sabendo que, agora que seus olhos tinham se encontrado e por ser tão preciosa para todos, ela seria sua hóstia e seu vinho. Ficou imaginando em que tipo de luz brilhante ele poderia se tornar caso a tomasse de outras formas, diferentes, após tê-la estrangulado lentamente. Bobby teria todas as partes de Heather, que seriam um dentro dele, e ele poderia ser o princípio e o fim de todas as coisas.

Quatro

Em algum momento entre o aniversário de catorze anos de Heather e o Halloween, Mark recebeu mais notícias ruins sobre seu bônus e começou a procurar um emprego. Ele cometeu o erro de contar a Karen, e, de modo previsível, ela ficou preocupada, mas se manteve ao seu lado contra os bajuladores sem mérito que continuavam a passar por cima dele jogando basquete com o chefe e seu filho. Mark não era um candidato ruim, seu currículo era valorizado pelos dez anos de crescimento da empresa, e seus anos de corrida tinham-no mantido magro, e até mesmo feito que seu rosto largo finalmente assentasse em seu crânio, dando-lhe uma aparência sóbria e jovem.

As entrevistas logo começaram, e ele tinha de administrar isso como um caso amoroso, com telefonemas fora do horário e restaurantes escondidos para não alertar o escritório. Mark passou a correr ainda mais cedo, às vezes com o dia escuro, para poder ter encontros no café da manhã. O vazio da cidade antes do amanhecer lhe dava uma chance de ensaiar em voz alta, relembrando suas vitórias e sua experiência em um ritmo ofegante.

Mark saiu para uma longa corrida no dia de um encontro particularmente promissor e retornou para descobrir que a água e a energia haviam sido desligadas. Enquanto avaliava o horror de se secar com uma toalha e vestir um terno, ele se deu conta de que os despertadores também estavam desligados, e acordou Heather, depois Karen, xingando enquanto se cobria de colônia. Karen lhe disse que eles haviam sido avisados e Mark não tinha o direito de reclamar, então ele seguiu caminhando silenciosamente em um desespero raivoso para comprar dois *lattes*, um para Heather e outro para si. Ficou pensando em por que ainda estavam no prédio, por que tinha de ser naquele dia, seu pescoço suado raspando no colarinho engomado, e ele colocara tanta colônia que uma mulher atrás dele na cafeteria estava espirrando.

Mark caminhou de volta ao apartamento com os dois cafés sacudindo em uma bandeja, repassando suas idiotices, incluindo o fato de que teria de beber ainda mais café em sua entrevista, e quando estava prestes a atravessar a rua na direção do seu apartamento, onde Heather estava esperando, ficou paralisado. Heather estava olhando para o telefone, e um dos operários olhava para ela. O olhar vinha de um cara baixo de macacão de trabalho e era tão carnal e intenso que Mark atravessou a rua e empurrou Heather para longe como se estivesse se colocando entre ela e um carro que avançava. Heather ficou irritada e confusa, pegou o café enquanto começavam a andar, e Mark olhou para trás na direção do operário, que tinha uma cabeça quase raspada, prateada demais para a sua juventude, e olhos azul-claros, agora desviados enquanto voltava a pegar entulho com uma pá.

Mark ficou tão distraído em sua entrevista que se esqueceu de se esforçar e acabou recebendo uma oferta de emprego, mas isso não foi um consolo enquanto voltava ao trabalho, desembrulhava o almoço e saía para casa, a ansiedade substituindo qualquer fome que pudesse ter. Sua cabeça oscilava entre o desejo de espionar e a verdadeira segurança de sua filha, que certamente estava saindo da escola no momento em que Mark assumiu posição do outro lado da rua. Ele fingiu conversar ao telefone quando o operário se aproximou da caçamba com um carrinho de mão e parou de modo casual, até que, em perfeita sintonia, Heather virou a esquina e o rapaz de repente começou a trabalhar.

Mark observou a filha se aproximando de casa sem notar o longo olhar doentio que estava recebendo e, quando o cretino limpou a boca, os olhos dele levantando a saia de Heather enquanto ela entrava no prédio, Mark ficou na dúvida entre gritar para o outro lado da rua ou de algum modo confrontá-lo, mas, em vez disso, tirou uma foto com zoom no telefone e dirigiu-se ao Central Park, onde tinha começado o dia, os pensamentos então indizíveis.

Ele ficou pensando se aquele skinhead baixo e coberto de poeira estava esperando sua filha não apenas duas vezes naquele dia, mas regularmente, e se aquele olhar de tubarão era mais do que um desejo esmagador. Poderia ser o olhar de um homem que antecipara a rejeição e odiava aquela menina mimada e graciosa que o provocava ao desfilar à sua frente, tendo tudo o que ele não podia ter. Mark torceu para que fosse apenas desejo o que vira sendo dirigido à sua filha duas vezes naquele dia, e então quase desabou em um banco para recuperar o fôlego, seu corpo tendo imediatamente deduzido o que sua mente demorara uma hora para entender: o olhar do operário era tão violento e faminto que Mark, de fato, tivera de fugir correndo.

*

Quando ele voltou para casa, Karen demonstrava sua gratidão pela água quente e pela eletricidade, como se faz quando se tem novamente atendidas as necessidades, preparando o jantar, uma refeição familiar de massa tricolor, a preferida de Heather. Ele entrou marchando com a gravata desfeita e a camisa encharcada e, enquanto seguia para o quarto, insistiu em que conversassem. Apenas muito depois, quando Mark se sentou para comer, irritado e recém-saído do banho, Karen se deu conta de que ele estivera esperando por ela no quarto para conversar em particular.

Sentiu a impaciência dele aumentar ao longo do jantar, embora tivesse sido agradável, já que ela aprendera a iniciar conversas com Heather descontraidamente, puxando assuntos como islamismo radical e controle de armas.

Quando a luz de Heather se apagou, Mark estava na metade de uma garrafa de uísque, e Karen fechou a porta do quarto com medo. Lembrou-se do suor e da expressão envergonhada no rosto dele ao chegar em casa e imaginou que o marido estava prestes a confessar uma infidelidade ou, mais provavelmente, que perdera o emprego. Ela abriu espaço na cama, mas ele preferiu ficar de pé e se emocionou enquanto contava os acontecimentos do dia em sussurros.

*

Mark então hesitou, não por estar bêbado nem por ter tirado muitas conclusões em tão pouco tempo, mas por não saber quais detalhes poderia partilhar sem soar irracional. Sabia que não podia mostrar a Karen a foto em seu telefone, então só podia explicar o perigo que havia testemunhado, que já vira aquele olhar antes nos olhos de um dos grandes jogadores de futebol do seu pai, e, para provar, sabia-se de duas garotas estupradas e mortas em uma faculdade do Sul, e quando viu Karen sorrir enquanto contava, perdeu a paciência. Karen jurou que não estava rindo, e sim aliviada por aquela ser a notícia, mas se mostrou irritantemente mais preocupada com o resultado da sua entrevista do que com o risco que a filha deles corria.

Isso não era negociável; ou ele ou Karen, caso ela achasse que seria mais persuasiva, iriam falar com o mestre de obras, contando nos mínimos detalhes, e insistir que o operário fosse demitido ou, pelo menos, transferido. Essa declaração finalmente chamou a atenção de Karen, que refletiu e depois descartou essa opção, lembrando que aquele operário literalmente sabia onde moravam. Mark concordou com ela e sugeriu que fossem à polícia. "E dizer exatamente o quê?", Karen retrucou, já que, de fato, não havia motivo, nenhuma prova, nenhuma queixa além da sensação de Mark, que soava radical até mesmo para sua esposa. Mark novamente concordou e exigiu que se mudassem para um hotel no dia seguinte, enquanto procuravam um lugar para ficar até o fim da reforma.

Karen argumentou com calma que a reforma externa estaria concluída no Dia de Ação de Graças, que já era Halloween, e a ideia de uma mudança a essa altura parecia boba, já que continuavam a ser as mesmas inconveniências de dois meses antes. Ela levava a sério as preocupações dele, mas sabia que o estresse do apartamento, sua procura por emprego e a distância pessoal entre eles o haviam deixado temeroso, de um modo que beirava o irracional. Ela admitiu que também estava perturbada por esses problemas, isso para não falar em ser ignorada pela filha, e, francamente, achava que os operários eram inofensivos e educados, e nem sequer sabia de qual deles Mark estava falando até o marido mencionar que o rapaz era branco.

Mark a xingou, dizendo que tudo aquilo era besteira, que o trabalho continuaria até a primavera, que tinham permanecido no apartamento pela comodidade de Heather, não para tornar mais fácil a vida de Karen, e que ela deixava a porra da janela da cozinha aberta o tempo todo para que alguém pegasse uma pneumonia, e se estava tão quente lá dentro então ela poderia levantar a bunda da cadeira, sair e fazer alguma coisa.

———

Karen ficou magoada. Certamente não precisava defender seu estilo de vida para o próprio marido e não precisava lhe dizer que fazia isso pela família deles ou que ficaria bem caso ele quisesse sair de casa e visitar Heather nos fins de semana, ou que ela ficaria onde estava não importava o que acontecesse, e, exatamente naquela semana, ia sondar o mercado editorial, e como Mark ousava chamá-la de egoísta quando ela marcara uma consulta com um cirurgião plástico para ficar mais jovem e sensual para ele?

Mas, em vez disso tudo, Karen respirou fundo e disse algo em que estivera pensando por muito tempo: que o interesse de Mark pela filha era doentio e a deixava desconfortável. Ela envolveu a acusação em um véu de preocupação, mas, após perceber a reação horrorizada dele, recuou ligeiramente da insinuação e a tornou pior. Disse secamente que não sabia como era ser pai e se preocupar com o fato de Heather atrair os tipos errados, ou quaisquer tipos, mas que ele era um superprotetor insano e patologicamente ciumento em relação a qualquer homem que estivesse por perto.

Mark ficou nauseado com a sugestão dela e esbravejou contra sua hipocrisia. De todas as pessoas do universo, era ela a obcecada. Era ela quem não conseguia ver mais nada no mundo a não ser a filha. Ele exigiu que se mudassem. Se ela não queria fazer isso por ele, deveria fazer por Heather, berrou, porque Karen nunca fazia nada por ele; ele era o último em sua lista e ela sequer lhe faria uma xícara de café, senão para impressionar Heather.

Mark gostou de dizer isso, mas desejou poder voltar atrás quando ela apanhou um travesseiro e saiu do quarto. Enquanto ele se sentava sozinho na cama desfeita, sua raiva se voltou para dentro, pois sabia que merecera tudo aquilo por covardemente partilhar com sua esposa um perigo real. Agora entendia que aquela era uma emergência, e não uma desculpa para que os dois dissessem a verdade. As palavras terríveis de Karen refletiam claramente a inveja dela tentando destruir sua proximidade com Heather, e agora ele só tinha de ser maior e mais forte. Ele se desculpou com Karen sem restrições e concordou que estava exagerando e não iriam se mudar.

Karen se deitou na cama ao lado de Mark, cheia de um falso arrependimento pelo que tinha dito antes em voz alta. Deu uma olhada no marido por cima do *tablet* enquanto ele se virava no sono e não conseguiu acreditar que o homem engraçado e amoroso com quem havia se casado se transformara em um fracassado paranoico que sequer olhava para ela. Apagou a luz, pensou no futuro e imaginou ter um amante, talvez um dos pais bonitos da escola que estavam em busca de um caso, e cochilou com a mão pousada sobre o sexo, se acalmando, como fazia quando era criança.

Mark fingiu dormir enquanto pensava se deveria alertar Heather ou mesmo lhe contar, mas, tendo um laço afetivo tão tênue com ela, não ousava perturbá-lo. Pensou que não seria sequestro se levasse a própria filha às Ilhas Turcas e Caicos para férias perfeitas, e então talvez Karen entendesse a mensagem e se juntasse a eles. Lamentava muito ter contado a ela. Devia ter surpreendido a todos com férias inesperadas e pagado a alguém para fazer a mudança antes que voltassem, mas agora era tarde demais; e ele pensava em como poderia levar Heather embora para algum lugar, e em como poderia deixar cair do alto algo pesado, como uma chave inglesa ou um tijolo, e esmagar o crânio do operário.

*

Como fazia quase toda noite, Heather lia em seu telefone no escuro, consciente de que seus pais estavam desnorteados pela tensão de não ser eles mesmos enquanto achavam que ela estava acordada. Ouviu o bate-boca naquela noite, mas tinha aprendido a ignorar essas discussões anos antes, porque sempre eram sobre ela e nunca se chegava a nada sério. Sua mãe e seu pai eram particularmente cegos para sentimentos. Seu pai até mesmo negava ter sentimentos, e sua mãe supunha que todos partilhavam os dela. Durante anos, Heather não percebeu que sua capacidade de ver os sentimentos das pessoas e, às vezes, senti-los era incomum, e quando descobriu que a crueldade e a grosseria que adultos e amigos infligiam uns aos outros não era intencional, ou pelo menos não consciente, decidiu se recolher, esmagada pela dor do comportamento humano típico.

Heather sempre se sentira bonita, compreendia claramente o que era justo e sabia que todos queriam dar o melhor de si, mas ver como seus pais eram diferentes em casa e não conseguiam partilhar a felicidade um do outro a fazia questionar o que tinha feito com a vida deles. Ela costumava escutar suas brigas, às vezes até mesmo se esgueirando para dentro do quarto deles, escondendo-se ao pé da cama e rezando para que se divorciassem, de modo que seu amor fosse enfim dividido igualmente entre eles e ela pudesse sorrir para o mundo sem temer que Mark e Karen interferissem.

Enquanto Heather lia sobre os acontecimentos mundiais seu coração doía, mas ela estava sempre procurando um novo ângulo a partir do qual construir um discurso que a mandasse para o Stanford Invitational em janeiro, significando uma viagem para a Califórnia e uma chance de disputar o nacional caso seu pai não impedisse. Ela adorava argumentar, viajar e conhecer uma galera nova, mas escolhera o debate como um caminho para Políticas Públicas e Direito, tendo, aos poucos, aprendido que nem seu pai nem sua mãe estavam satisfeitos com suas carreiras sem sentido. Jurou que faria tudo para evitar a infelicidade deles estudando muito e tentando fazer amigos, não inimigos. Ela também adorava vencer, o que fazia com frequência e polidez, aparentando preocupação sincera com fatos e com a moralidade, mas vibrando com a vitória por dentro.

Essa desonestidade a perturbava, assim como seu crescente interesse por si mesma. Anos se passaram desde que ela se inquietava com a possibilidade de o pai ter um ataque cardíaco enquanto corria ou com o fato de a mãe ficar arrasada de tristeza quando ela ia para a escola. Mas por que deveria se preocupar com eles? Seus pais não mereciam ser ignorados por se mostrarem tão necessitados de sua atenção e afeto? Outros pais se comportavam de modo similar, mas os de Heather eram os mais sufocantes, e, embora fosse difícil, ela nunca fora desleal expondo o comportamento deles, sabendo que seria uma traição catastrófica se o mundo descobrisse que a família Breakstone não era perfeita.

O segredo mais complicado, que o mundo nunca poderia ver, era a melancolia que existia sob o seu sorriso. Heather sabia que deveria abrir mão desse sentimento ou substituí--lo por gratidão, e teria feito isso alegremente não fosse por ser tão bom estar triste. Seu momento preferido a cada dia era logo depois de colocar o telefone na cômoda e antes de adormecer, quando escutava o tráfego e pensava sobre cada buzina solitária, tão aleatória, e todos os adultos e os lugares para onde seguiam, e como estavam todos com tanta pressa.

Heather queria colocar no papel muitos pensamentos, mas sabia que um diário estava além da dose de privacidade que sua mãe toleraria, e muita coisa permanecia dentro dela ou saía em sussurros quando se sentava diante do espelho atrás da porta do quarto. Entre os livros que a mãe lhe dera e as inúmeras aulas na escola, ela se sentia constrangida mas preparada para o assalto hormonal que viria pela frente e sempre escrevia sobre isso. Achava que seus cabelos poderiam clarear um pouco, que um dos seus dentes era torto, e ela ainda era jovem demais para ter certeza, mas parecia que iria ter pele clara e isso era uma dádiva.

Ela se juntava às outras garotas em suas queixas sobre peso ou seios desiguais, mas se tornara cada vez mais consciente de que seu corpo alto, de pernas compridas, cintura fina e, por ora, seios quase quarenta e seis era raro, se não ideal, e estava começando a sentir tudo o que isso significava quando olhava revistas, caminhava pela rua ou recebia olhares de um dos operários da reforma do prédio em suas idas e vindas.

Ela então se dava conta de que suas amigas queriam ser vistas, e fingirem-se de meninas más era a melhor forma de desafiar os pais e receber o tipo certo de atenção. Heather não estava certa de quanto interesse podia suportar e só acompanhava as amigas para não ser tida como uma criança ou atrair mais inveja ao adicionar pureza à lista de suas perfeições. Então, como elas, começou a aproveitar cada oportunidade longe dos olhos dos pais, seja indo ou voltando a pé da escola, no Central Park ou mesmo se escondendo no telhado do prédio para falar alto ao telefone, fumar, mascar chiclete e usar maquiagem e roupas mais reveladoras, incluindo ajustes temporários no uniforme da escola, como enrolar a cintura da saia para erguer a barra e roubar blusas menores no "achados e perdidos" para destacar o busto. Até pegou emprestadas as fantasias das amigas com aqueles garotos de rosto delicado que cantavam as músicas de que elas gostavam, assim como situações imaginadas de ser levada por alguém e abraçada no escuro, e, como elas, Heather estava aberta à ideia de ser beijada com paixão, mas verdadeiramente com medo e não preparada para algo mais.

Ela odiava não poder mais conversar com a mãe e não conseguia entender como isso se tornara tão desconfortável, mas tinha sido assim e ela ficava nauseada com a falsa leveza de Karen quando, de modo constrangedor, suplicava intimidade. Heather podia sentir o desespero evidente da mãe por qualquer detalhe relacionado aos desejos sexuais da filha, para então poder chorar, partilhar e assumir o controle com uma embaraçosa condescendência.

Heather se recusava a tocar no assunto, embora soubesse que a mãe se tranquilizaria ao saber que estar em uma escola para meninas significava que apenas algumas poucas garotas faziam sexo, e que todos os garotos que Heather conhecia ou eram tímidos como ela ou interessados naquelas poucas garotas que faziam sexo. Ela nunca contaria nada disso à mãe porque apenas abriria a porta para o monólogo mais perturbador que rondava sua cabeça, que era o crescente desgosto que sentia em relação a quem eles eram e o quanto tinham.

———

O CEP deles era quase o primeiro na relação dos endereços mais ricos do país, e seu pai não fazia nada, e sua mãe não fazia nada, e o apartamento não era gigantesco, mas desnecessariamente luxuoso e coberto de veludo, e eles consumiam coisas demais e jogavam fora coisas demais e, pior de tudo, não se importavam. Quantas ilhas tropicais podiam visitar e, ainda assim, ignorar a imensa pobreza além da cerca do resort? Seus pais não eram pessoas ruins, mas estavam vivendo em uma ilusão presunçosa de que mereciam tudo o que tinham.

Ela tentara alertar os dois separadamente para a injustiça de suas opiniões, mas nenhum deles a contestara, e, como se tivessem ensaiado, cada qual se referiu a ela como seu bem mais valioso: a coisa que o dinheiro não podia comprar. Ela sabia o que os pais queriam dizer com isso, o amor que estavam expressando, mas também sabia que estavam envenenados por uma doença da riqueza que os transformara em pessoas pela metade, com máquinas de café e caixas registradoras no lugar em que deveria estar o coração.

Heather sabia que também fora infectada por isso e lutava para controlar sua necessidade constante de comprar, gastar e ser recompensada por fazer coisas simples. E foi assim quando a maioria das pessoas se mudou do prédio e os caminhões chegaram: ela havia resolvido superar seu forte impulso para o conforto e o luxo e aceitar todos os inconvenientes da reforma como uma retribuição por sua vida imerecida. Resistira até a ser mimada e não se juntou às reclamações diárias, embora bem fundamentadas, do pai, algo difícil para ela, já que era muito irritante ser conferida o tempo todo por aquele operário em sua própria porta da frente.

De qualquer maneira, era constrangedor demais contar ao pai, e ela sabia que a mãe ignorava tudo como sempre, porque certa vez, quando estavam procurando um pacote e o porteiro já tinha ido embora, Heather sugerira que perguntassem ao operário lá na frente, e a mãe não tinha ideia de sobre quem estava falando. Heather esclareceu que era o único branco e, embora seus cabelos prateados fossem cortados tão curtos que ele parecia careca, não era, tinha a pele lisa, o maxilar forte e os olhos azuis cristalinos de um jovem.

―――

Ela não podia contar à mãe que pensava mais nele a cada dia, sobre de onde viera, como ele era, perguntando-se como sua mãe poderia não ter notado o cara tão bonito que nos últimos dois meses fazia turnos de dez horas reformando sua mansão. Talvez, Heather pensou, sua mãe se lembrasse caso ele a tivesse olhado do modo como olhava para ela, especialmente nas raras vezes em que seus olhos se encontraram e ela se sentira como se estivesse nua no meio da rua.

Sem dúvida, a situação teria incomodado a mãe, assim como inicialmente incomodara Heather. Isso a irritara e a ultrajara, fazendo-a pensar em todos os direitos que os homens tinham e como não podiam simplesmente olhar para as mulheres e perturbá-las desse modo. Mas ele estava apenas olhando para ela e nunca tinha olhado para a sua mãe, e com o tempo Heather soube que, de algum modo, ele a via por inteiro.

Ele estava lá fora todo dia pelo que Heather conseguia ver, e ela não conseguia contar à mãe que ficava pensando, nos poucos dias em que o operário não estava, se ele havia se esquecido dela. Ela não podia explicar que aquilo já não a incomodava em nada e que, na maioria das noites, pensava em suas leves interações e o imaginava, ou imaginava a sensação que tinha dele, e se dava conta de que o fato de ele olhar para ela, e ainda mais de ele não tentar olhar para ela, dava-lhe uma dor quente no estômago que depois descia.

Ela queria conversar com ele. Queria contar que não era como a mãe, que via todas as pessoas e sabia que ele era horrivelmente obrigado a se comportar como um servo. Ela não seria condescendente com ele, como uma herdeira mimada que estudava em uma escola particular e era obrigada a viver ali com tudo aquilo. Ela só podia imaginar a privação e as circunstâncias que levavam alguém àquele ponto e imaginava se ele era inteligente, como soava a sua voz e se ela poderia fazer alguma coisa por aqueles que não tinham nada. Nunca poderia dizer à mãe que um dia seria inteira porque iria agir com o coração e dar tudo, até si mesma caso necessário, para que alguém pudesse se beneficiar de seus anos de abundância sem esforço. O que realmente queria fazer era dizer ao operário que ela o via.

— Minha mãe já chegou?

Bobby ouviu a voz, soube quem era e não pôde acreditar que ela estava tão perto. Ergueu os olhos, incapaz de responder, e viu o vento soprando os cabelos dela na direção da boca e a observou afastando-os dos lábios carnudos com um dedo perfeitamente curvado. Finalmente conseguiu dizer "Ainda não", e provavelmente olhou por tempo demais antes de lembrar que deveria sorrir, mas ela captou, sorriu de volta e, depois de um tempo, caminhou para dentro com a saia balançando alta sobre a bunda.

Naquela noite, Bobby reviveu cada segundo daquela interação. Eram muitos detalhes, e ambos tinham se comportado ainda melhor do que ele esperava, com ela não apenas conversando com ele, mas o convidando a ser cúmplice em seu plano de fazer algo ruim enquanto a mãe estava fora. Tentou não se antecipar aos fatos, mas sua imaginação o levou ao quarto dela, para onde ela o convidara, e pôde se ver enfiando nela e sentindo que era como o interior do quimono da sua mãe.

———

Uma semana antes, havia sido Halloween, e Bobby sabia que não podia usar uma máscara, mas gostava de quando adultos faziam isso e escondiam seus rostos idiotas, e gostou especialmente de Heather vestida de gatinha, um ponto preto na ponta no nariz como se tivesse se apoiado em uma porta de tela. Bobby se levantou enquanto ela caminhava na direção dele naquele dia, porque suas costas doíam de trabalhar pesado o bastante para nunca perder o emprego. Mas seu corpo estava calmo e seus músculos relaxaram naturalmente quando a viu. Era possível, pensou, que estivessem se acostumando um com o outro. Naquele dia, enquanto ela passava toda de preto, ele decidiu que havia apenas um teste real, e era Heather falar com ele e se provar merecedora, afastando-se de seu mundo e suplicando para entrar no dele.

E agora que ela realmente falara com ele, Bobby estava muito feliz e surpreso, e mais duro que nunca. Ele esperava convencê-la ou forçá-la, mas, enquanto ela falava, parecia estar sob seu próprio poder, não sob o dele. Heather certamente era algo diferente, algo ainda mais do que ele conseguira entender antes. Seria possível agora que a consumir fosse algo menos do que ele queria? A morte dela em suas mãos seria refinada, e Bobby pensava que esse era o destino de ambos, mas, de repente, viu o que realmente era: temporário. Todas as imagens em sua mente mudaram, e Bobby passou a querer que ela fosse até ele por vontade própria. Mal conseguia esperar até a manhã seguinte para vê-la como era; então, o que aconteceria se ela realmente tivesse partido?

Cinco

A rua dos Breakstone tinha o trânsito engarrafado o tempo todo por conta da reforma, o que, juntamente com o número crescente de sacos de lixo e as folhas caídas, davam cobertura a Mark naqueles minutos tensos no dia seguinte, quando Heather foi e voltou da escola. Ele não sabia exatamente o que estava fazendo ali além de ficar a postos para ajudar Heather e, claro, conseguir algum tipo de prova, não para jogar na cara de Karen, mas para entregar à polícia. Soube que tinha de fazer algo quando viu sua filha e o operário duas vezes naquele dia, deslizando silenciosamente um pelo outro como bonequinhos em um relógio medieval.

―――

Karen permanecera amuada e Mark se preocupou em ser doce e se desculpar, como se tivesse bebido demais em uma festa. Quando foram para cama naquela noite ela não sabia que Mark se imaginara soltando o andaime ou cortando os cabos de duzentos e vinte volts no porão molhado, ou, o mais intrigante, atraindo o operário até seu apartamento e atirando nele por ter assediado sua filha, perguntem a qualquer um, e por ter invadido o recinto com uma faca de cozinha, que Mark colocaria na mão dele depois. Mark finalmente conseguiu dormir, mas só depois de ser embalado por repetidas cenas da morte do operário, normalmente por asfixia com as mãos nuas.

Depois de alguns dias, Mark confidenciou à sua assistente que estava procurando emprego e pediu que o ajudasse a disfarçar seus horários estranhos. Ele começara a vigiar seu próprio prédio por duas horas duas vezes ao dia e vira que os encontros rituais do operário eram descuidados e evidentes para todos, exceto sua filha, e que a equipe de reforma parecia tão desconfiada dele quanto Mark. Eles viajavam juntos, apertados em picapes enferrujadas com placas de Jersey, mas sempre faziam o operário se agachar na caçamba. Os trabalhadores socializavam e riam algumas vezes por dia com cigarros e café, com exceção do operário, que raramente estava na cobertura onde a maior parte do trabalho acontecia, que realizava os piores trabalhos e sequer era convidado para almoçar.

A intensidade da vigilância de Mark não diminuiu, alimentada tanto por sua necessidade de proteger Heather quanto por seu medo de ser visto. Ele sabia que deveria pelo menos ensaiar uma desculpa caso Karen, Heather, um vizinho ou uma das pessoas na rua – turistas, babás, entregadores, estudantes e mulheres com calça de ioga – o vissem. Mas elas não o viam, e a vigilância de Mark foi recompensada naquele dia quando, voltando da escola, Heather falou rapidamente com o operário.

Heather tomou a iniciativa, foi breve, e pareceu tão chocante para o operário quanto foi para Mark. Não importava sobre o que os dois haviam conversado, se já se conheciam ou quão tímida fora a resposta do operário. Para Mark, tudo o que importava era que sua filha colocara sua mão inocente naquela chama com um sorriso amistoso e que o operário decididamente não vira Mark.

A única coisa que impediu um pânico total foi o instinto de Mark de que surgira uma oportunidade. Seus cálculos foram rápidos. O operário era um homem envelhecido, não especializado, provavelmente um trabalhador diarista sem educação, sobrevivendo às margens da sociedade, sem sindicato, dinheiro ou qualquer proteção no que era um local de trabalho extremamente perigoso. Tudo ficou mais frio e mais cinza quando Mark viu Heather finalmente entrar no prédio, e ele esperou, tremendo, por mais duas horas até que a equipe se aprontasse e o operário entrasse na picape.

Mark pensou em ir até um internet café para poder pesquisar como comprar uma arma sem deixar rastro eletrônico em seu telefone ou nos computadores, mas depois tentou se lembrar da última vez em que vira um café com internet e decidiu simplesmente ir à biblioteca de manhã cedo. Concluiu que a única ideia prática era contratar um segurança particular, como os milionários faziam, para vigiar e proteger sua família.

Quando finalmente entrou em casa, Mark abraçou Heather, sorriu para Karen e pensou em pedir ao chefe que recomendasse uma empresa de segurança confiável e discreta. Foi para a cama pensando em fazer isso pela manhã, embora soubesse que não queria a ajuda de ninguém, que, na verdade, não queria nenhum tipo de pergunta, e adormeceu facilmente naquela noite, exausto por ter chegado a uma decisão.

Os sonhos de Mark naquela noite foram tão reais que ele não teve certeza de se estava dormindo. Ele se via escalando seu prédio pelo lado de fora, usando a escada do andaime e olhando por cima do bairro na direção do topo das árvores do parque, depois na outra direção, a torre de uma igreja e a Park Avenue, um borrão amarelo de táxis. Depois disso, espiava dentro do quarto de Heather. Ela tinha saído, então ele olhava para a janela do próprio quarto e via Heather na cama deles, deitada de costas, apenas de meias e aberta como um cervo, sem sangue no edredom branco de chenile.

Isso foi estranhamente nada horrendo para Mark, que se viu no quarto ao pé da cama enquanto o cadáver mutilado conversava com ele, o rosto vivo e normal. Ela dizia algo como "Papai, por que você fez isso comigo?". Foi exatamente o que ela disse e, no que pareceu a terceira repetição desse sonho, ele soube que era um sonho e despertou, imaginando que talvez nunca quisesse dormir novamente.

Mark não acreditava no sobrenatural ou em atribuir qualidades proféticas aos sonhos. Sabia que aquela imagem não passava de uma expressão do que estava em sua mente desperta, e a interpretação não era nada complexa. Conhecia o significado: ele temia pela vida de Heather e se algo acontecesse mesmo, ela saberia que ele era o responsável. Enquanto se sentava no corredor em frente à porta do quarto da filha, tentando tirar da cabeça as acusações fantasmagóricas que ela lhe fizera, ele teve consciência de que o sonho poderia ter outro significado. E se Karen estivesse certa? E se sua mente tivesse sido tomada pela irracionalidade? O que ele realmente tinha visto além de outro homem, e Deus, havia tantos, que desejava a sua filha?

Ele se recusara a acreditar nas coisas repulsivas que Karen tinha sugerido, mas talvez ela tivesse colocado a ideia na sua cabeça, e talvez ele tivesse se deixado levar, e talvez aquele sonho tivesse acontecido porque nos últimos dias não foram permitidos outros pensamentos. Ele não era anormal, sabia disso. Não tinha ciúmes daqueles homens, não desse modo, e não conseguia imaginar alguém penetrando sua filha, mas certamente não queria ser seu amante no lugar deles. Só queria que a filha fosse do modo como ela era e nunca deixasse de ser. Mark entendia que precisava libertar Heather, deixar que crescesse, que tinha de aceitar a relação deles seja lá como fosse, pois era o que os pais faziam. Sabia que isso partiria seu coração de pai e que era normal.

*

Karen não conseguia esquecer a grande discussão com Mark. Inicialmente se sentiu culpada, sabendo que começara as coisas com suas suposições inseguras sobre o que ele estaria pensando, e ela apenas estava defendendo esse erro idiota quando atacou. Ele não tinha perdido o emprego. Não estava tendo um caso. Era apenas um mal-entendido entre eles, e ela realmente tinha raiva de si mesma por não guardar os próprios sentimentos sob quaisquer circunstâncias, mas ele parecera tão louco e, no fim, ele talvez também precisasse de uma desculpa para expressar seus verdadeiros sentimentos. Havia sido cruel o que Mark dissera, mas confirmara que ele não dava absolutamente nenhum valor ao que ela fazia. Mas também era bom o que Mark tinha dito, pois, após anos sendo cada vez menos estimada, ela fora despertada para o fato de que podia fazer mais por si mesma.

Karen também precisava de mais pessoas em sua vida. Conviver principalmente com estranhos a mantivera tempo demais em sua própria cabeça e, com frequência, ficava ansiosa e confusa. Sempre quisera ter amigos íntimos, mas no transcorrer de sua vida percebeu que um senso de competição despertava o pior comportamento das pessoas, e que a maioria das relações sociais era rasa e pretensiosa. Karen esperava que fosse possível encontrar uma confidente agora que todas as senhoras estavam igualmente humilhadas por suas adolescentes rebeldes, por seus casamentos assexuados, por obsessões alimentares e problemas imobiliários.

Um dia após a grande briga com Mark, Karen se lembrou de uma mãe da escola que desaparecera quando a filha escolhera a equipe de mergulho no lugar dos debates. Karen sempre gostara dela, que sempre fora amigável contando histórias engraçadas que ouvia do marido, um importante advogado de divórcio. Karen telefonou dando como desculpa uma possível campanha de arrecadação de fundos para cobrir despesas de viagens de garotas menos privilegiadas nas atividades das respectivas filhas. Estava nervosa enquanto discava e inventava um nome para o acontecimento inexistente, sua mente profissional despertando após tantos anos, rejeitando trocadilhos com "agito" e "resolução" antes de chegar a "As competidoras: Uma celebração!". Elas almoçaram naquele dia e não partilharam muito, mas Karen gostou de ser uma daquelas pessoas que conversava sobre astros do cinema e celebridades com olhar crítico e aversão, especialmente no tocante às suas vidas privadas e afetivas.

No dia seguinte, Karen conseguiu um emprego no bazar beneficente de um hospital na Segunda Avenida, como voluntária, claro, mas durante cinco horas, cinco dias por semana, e tinha uma chave da porta da frente. As vantagens do trabalho foram imediatas, pois as demais integrantes da equipe inteiramente feminina, muitas delas sobreviventes ao câncer, eram mais velhas, ou pareciam mais velhas, de modo que os homens que entravam, normalmente para comprar a marca Burberry, buscavam a atenção de Karen e começavam a flertar quando as esposas não estavam olhando. O bazar também se beneficiou, já que Karen se tornou sua melhor cliente após dois dias, valendo-se de seu olho bem treinado para o luxo, especialmente para as peças de alta costura para as quais sua relativa juventude e seu corpo exercitado faziam dela a única compradora.

Karen deixava no fundo da loja as roupas, as joias e as malas que tinha adquirido e as experimentava nos intervalos, avaliando se precisavam de ajustes, quando poderia usá-las e o quanto uma mala combinava com o seu novo visual antigo. Cumprindo esse ritual, ela de repente apreciou sua privacidade, imaginando por que fizera tão pouco por si mesma durante tanto tempo, sabendo que Mark não fazia ideia da sorte que ele tinha. Ela era magra, capaz e tão claramente incompatível com a feiura dele quanto no dia em que tinham se conhecido.

Menos de uma semana se passara desde que Mark gritara com ela, e as tentativas dele de pedir desculpas não eram mais convincentes que a sua recente gentileza. Heather podia ter comprado o sorriso radiante do pai, mas Karen via as rugas nos cantos da boca dele e as manchas escuras ao redor dos olhos que revelavam sua frustração. Ela ficou acordada na cama naquela noite, sentiu pena de Mark e de quão pequeno ficara enquanto reunia suas forças decrescentes contra inimigos imaginados.

Ela poderia fazer aquela arrecadação de fundos e o senso de caridade de Heather poderia ser estimulado o suficiente para que presidisse o comitê de estudantes. Karen estava muito contente por sua amiga – uma entre muitas, em breve – considerar aquilo genial e achar que deveriam marcar um jantar e planejá-lo com o marido, o advogado de divórcio, que poderia ser útil de muitas formas. Enquanto Karen sorria sozinha no escuro, Mark acordou assustado, suado e com medo, e ela rolou de lado sem qualquer interesse, certa de que ele, de repente, percebera que ela era forte e se fortalecia cada vez mais; sua mente afiava-se sozinha, tendo ideias sem esforço, grandes ideias.

*

Na manhã seguinte, Mark tomou banho e foi trabalhar, contente por ter uma rotina e feliz de fazer seu trabalho, especialmente porque estava exausto e tinha de lutar contra momentos de náusea toda vez que aquele sonho horrível o assaltava. Ele precisava correr, mas não tinha energia. Tudo passara por sua cabeça: o operário, o rosto de Heather e, claro, o julgamento de Karen, e agora ele acreditava que estava pensando naquelas coisas de propósito, para fugir da crise real. Era verdade que seu trabalho achava-se instável e seu apartamento estava sendo reformado, mas sua insatisfação precedia essas duas circunstâncias, então olhou pela janela para o horizonte de Manhattan tomado por esqueletos de aço e guindastes e avaliou essa solidão. Um dia Karen simplesmente parara de rir de suas piadas, de reparar nele, e Heather se tornara sua plateia.

Mark ficou sentado ali, bebendo o café aguado do escritório, imaginando o que poderia existir na vida depois de criar aquela criança. Ele sacrificara sua felicidade pela delas? Voluntariamente, claro, mas ele e Karen estavam agora distantes, e a maioria dos homens ficaria pensando em um recomeço com metade do dinheiro e outra mulher. Heather testemunhara a infelicidade deles e era crescida o bastante para entender que um divórcio seria o melhor para todos. Ainda assim, a despeito de todo o maquinário da civilização dedicado a separar e seguir em frente, Mark não conseguia imaginar a força necessária para realmente fazer tal coisa.

Seu pai, o técnico de futebol americano, fora um homem preocupado com o físico e, desde que Mark se encolhera na primeira vez que ouvira o grunhido de uma derrubada durante um treino, seu pai passou a vê-lo como medroso. Claro que ele era medroso. Os antebraços do pai eram enormes, seu temperamento, instável, e ele levava a derrota muito a sério em todos os aspectos da vida, portanto Mark aprendera a apanhar e a tentar mudar seu comportamento para evitar tais confrontos desiguais. Mark precisava correr, e não em círculos, não indo e voltando de casa, mas saindo de casa em uma única direção até não conseguir correr mais e se ver extremamente cansado para fazer qualquer coisa a não ser recomeçar de onde quer que estivesse.

Pouco antes do almoço, Mark decidiu ir para casa e pegar suas roupas de corrida e, após vestir o casaco, apagou a foto do operário no seu telefone. Aquilo o enojava e o deixava com raiva e, embora tivesse gostado da breve satisfação do que era um ato intencionalmente simbólico, ficou imaginando se alguém realmente podia apagar alguma coisa naqueles dias.

Ao sair do prédio para o meio-dia cinzento, Mark estava calmo, chamou um táxi e sentiu um prurido no nariz, sentindo ali o cheiro do primeiro dia de inverno. Pensou em Heather e em como nenhum daqueles sentimentos existiriam se ela tivesse nascido menino. Também admitiu a si mesmo que ela ficaria terrivelmente abalada se os pais se divorciassem e que ele fora engolfado por emoções irracionais nos últimos tempos por falta de sono e exercícios.

Os anos seguintes provavelmente correriam como o planejado, com ele e Karen juntos até que, supondo que nenhum deles superasse a expectativa de vida, alguém ficasse sozinho. Do ponto de vista de um idoso, ele viu que Heather teve uma vida impressionante como advogada ou mesmo como a presidente, e que, graças a ele, ela não terminara como a pobre tia, sua irmã, a perfeccionista da fome, que nunca conseguiu saber o que havia além desse feito.

———

Quando Mark saltou do táxi, ficou aliviado por constatar que a equipe de reforma estava almoçando, mas, quando entrou no saguão a caminho do elevador, notou que o porteiro também não se encontrava e que o operário estava sentado na caixa do aquecedor olhando para o telefone e ingerindo o que Mark supôs ser bebida alcoólica, dentro de um saco de papel. Mark esperou o elevador, sua decisão de ignorar tudo sendo desfeita ao sentir os pelos arrepiando na nuca. Virou a tempo de ver o operário o encarando.

A conexão foi breve, mas total, e Mark sentiu um peso nas entranhas como se fosse se borrar, de pé onde estava. Era óbvio que um animal estava em seu saguão; olhos pesados com uma fome indiferente, ombros arqueados e tensos, pronto para atacar. O coração de Mark acelerou enquanto avaliava por quanto tempo aquela coisa ficaria em sua soleira, sem se satisfazer com nada a não ser sua filha.

Quando a porta do elevador se abriu, Mark deveria ter subido, colocado as roupas de corrida e saído, mas, em vez disso, segurou a porta com o antebraço. Sua boca estava quase seca demais para conseguir falar, e ele esperou que não soasse assustado quando perguntou ao operário se todos estavam almoçando. Não conseguia acreditar que tinha falado, a voz tão alta, cada sílaba culpada ricocheteando nas paredes de mármore. O operário anuiu que sim, e Mark entendeu que sua mente estava muito à frente naquela manhã quando apagara a foto. Na verdade, ele provavelmente decidira o que tinha de ser feito horas antes, preparara-se para uma oportunidade e começou a cobrir os rastros.

*

— Você poderia me ajudar a arrastar uma coisa lá em cima? — o pai de Heather perguntou. Bobby se endireitou quando o pai dela entrou pisando duro, mais arrogante e aborrecido que de hábito, e como a equipe não devia comer no saguão, nem certamente tomar uma cerveja, Bobby achou que o velho poderia dar uma bronca nele ou denunciá-lo ao mestre de obras. Bobby nunca dera uma boa olhada em Mark, ele não era interessante, e, quando estava com Heather, simplesmente ficava no caminho, circulando ao redor dela como uma mosca incômoda. De perto, ele era exatamente como Bobby esperara, um daqueles cretinos que achavam que o mundo inteiro trabalhava para ele e, a despeito de sua voz de rei em seu castelo, era apenas um gato medroso e assustado de rosto gordo, especialmente naquele dia, sem sua maleta elegante.

Nada disso impediu Bobby de sentir o prazer de saber que logo poderia estar dentro da casa de Heather, então trotou até o elevador, baixando a cabeça para esconder sua ansiedade. No corredor, o pai de Heather correu até a porta da frente, mas não conseguiu achar logo a chave certa, e conferiu tanto por sobre o ombro que Bobby achou que ele precisava de ajuda. A porta da frente finalmente se abriu e saiu uma onda de calor tão tomada pelos cheiros de Heather que Bobby teve de se firmar no umbral.

Ele seguiu o pai de Heather pela entrada abafada, passando pela sala de estar luxuosa e chegando a um corredor estreito que Bobby sabia ser onde ficavam os quartos. Procurou algum sinal dela, um sapato, um suéter, e sentiu a tentação de se desviar ou simplesmente socar e apagar o velho e ficar pronto para Heather no quarto quando ela chegasse em casa. Mas simplesmente seguiu, em parte escutando a fanfarronice do pai, que agora suava e o guiava na direção da cozinha, onde o ar exterior entrava pela janela aberta.

Bobby vira muitos apartamentos bonitos como aquele, mas apenas desde um andaime, e nunca se encontrara dentro de um que não estivesse demolido ou em demolição. Pareceria maior sem tantas coisas dentro, ainda assim, ele ficou empolgado com as paredes brancas, o carpete verde e todas as tevês e peças de bronze, e quis se sentar nos móveis vermelhos estofados e tomar um uísque naquele copo de cristal. Ele sabia que aquelas eram as pessoas que iam sempre ao cinema, comiam em restaurantes, viajavam de avião e tinham fotos de cavalos por todo lado. E sabia que aquilo tudo era dele.

Bobby olhou para as costas do pai dela e pensou que o pobre sujeito provavelmente não era tão ruim; tinha uma esposa com peitos grandes, e, juntos, os dois tinham feito Heather. Na verdade, aquelas pessoas tinham feito tudo aquilo e, gostassem ou não, tinham feito tudo aquilo para ele.

Bobby entrou na cozinha, onde os armários e mesmo a geladeira tinham portas de vidro e estavam repletos de comida, e tentou imaginar um modo de fazer aquilo tudo funcionar. Pela primeira vez, pensava em muito além de matá-la. Ele a viu no fogão embutido, com um roupão de banho azul-bebê, fritando um ovo para ele.

*

Quando Mark chegou à porta da frente, lamentou ter falado com o operário. Os dois homens tinham ficado tão próximos no elevador que Mark engasgara com o fedor de cerveja, cigarro e roupas sujas, e claramente viu uma pulsação das têmporas dele sob o cabelo prateado raspado. Observou enquanto o operário se apoiava na porta da frente após fechá-la, respirando fundo pelo nariz como se para inalar o lugar inteiro. Mark não queria dar as costas a ele, mas não podia correr o risco de fitar aqueles olhos e revelar seu medo, e se viu se afastando do operário enquanto tagarelava como um corretor de imóveis sobre os vários espaços que compunham o apartamento.

Mark imaginara matá-lo muitas vezes, mas, naquele momento, não tinha uma arma, nenhuma grande chave inglesa e certamente nenhuma vantagem física; nunca conseguiria colocar as mãos ao redor daquele pescoço grosso. Sentiu um arrepio na coluna enquanto se dava conta de que não fizera nada além de chamar o perigo para dentro de sua casa, onde ele poderia morrer nas mãos daquele pequeno símio curvado que ainda não tinha dito uma só palavra.

Mark tinha de continuar andando e fez um levantamento de todas as armas pelas quais passavam – o apoio de louça para os guarda-chuvas, o atiçador da lareira ou o umidificador de mogno; eles estavam indo na direção da cozinha, havia facas lá. Se conseguisse chegar à cozinha primeiro, Mark poderia pegar a faca de cozinheiro, se virar e surpreendê-lo. Ou melhor, chegar até a porta e descer as escadas correndo até a rua.

Mark se apressou ao ouvir as botas pesadas alguns passos atrás, mas depois simplesmente olhou enquanto o operário passava à frente e chegava antes ao espaço aberto da cozinha, voltado para ele. O coração de Mark afundou e acelerou ao mesmo tempo, com o operário a quase dois metros e fora de alcance, uma silhueta volumosa em contraste com a luz cinza brilhante que vinha da janela atrás dele.

Bobby olhou ao redor da cozinha, mas não viu nada, sua mente e seu corpo ocupados demais com o futuro. Ele nunca poderia voltar à escola, mas era bom em poupar dinheiro e poderia dar a Heather uma casa, não um lar. Ela nascera rica, então os pais nunca iriam querer vê-la partir sem nada, portanto, os ajudariam, e alegremente, porque Bobby estaria dando duro, e todos respeitavam isso. E ele chegaria por trás enquanto ela cozinhava, passaria os braços ao redor de sua cintura e ela sorriria de volta, do modo como ele vira amantes fazerem na tevê.

O rosto do operário estava sombrio, a não ser pelos olhos azuis, quando deu um passo na direção do fogão. Mark sentiu seus quadríceps contraindo enquanto se abaixava para assumir uma posição de confronto e se lançou com toda força contra os quadris do operário, empurrando-o para trás na direção da janela aberta, e Bobby, desequilibrado, atravessou-a facilmente e caiu os nove andares sem sequer gritar, o baque molhado de seu corpo coincidindo com a buzina de um carro.

*

Naquele dia, Karen marcara um almoço com uma velha amiga de seus tempos de publicidade, que era então secretária-executiva do editor-chefe de uma revista feminina. Karen queria compartilhar seu interesse renovado, mas elas acabaram falando sobretudo de lembranças e, embora essa amiga não tivesse ofuscado Karen, ela tinha muitas histórias sobre antigos subordinados que estavam agora comandando a mídia. Karen se lembrou de por que elas perderam contato, pois a amiga tinha deixado claro que não havia lugar para Karen no mercado editorial, e talvez nunca tivesse havido, e que ela era mais adequada ao trabalho materno não remunerado de instituições de caridade e bazares beneficentes.

Quando entrou no apartamento, ela sentiu anos de arrependimento no estômago e uma onda de calor que poderia ser o começo da menopausa e avançou em meio à tepidez da entrada na direção do ar fresco da cozinha. Mark estava sentado à mesa, de camiseta, a cabeça pousada sobre braços cruzados, a janela escancarada soprando um vento gelado sobre suas costas. Ela chamou seu nome e ele ergueu os olhos nauseado, o rosto enrugado e mais velho do que ela lembrava daquela manhã, se é que havia olhado para ele pela manhã.

Vendo que a fraqueza dele exigia o seu consolo, ela se agachou ao lado do marido, que lhe contou em voz baixa, mas firme, que empurrara o operário pela janela e que o rapaz estava morto no espaço entre os prédios. Karen correu para a janela e olhou para baixo, vendo o corpo de Bobby, uma poça de sangue sob a cabeça, uma das pernas curvada para trás de modo impossível, o pé sob o ombro.

Ela se sentou ao lado de Mark enquanto ele fazia uma confissão direta que era incriminadora em todos os detalhes, e, enquanto escutava, teve consciência de que ele arruinara suas vidas, então deu um tapa na cara dele com toda força. Mark não reagiu, mas tomou as mãos dela uma de cada vez e a olhou nos olhos.

— Eu sei no fundo do coração. Tenho certeza. Ele ia matar Heather. Quaisquer que sejam os problemas que esta família tenha, não há família sem ela.

Ela ouviu o marido, olhou para o aposento inteiro por um momento e viu, como que do ponto de vista de um pássaro, que eles eram pequenos e solitários. Karen sabia que ele não era capaz de pensar naquele momento e que todo o apartamento lhe perguntava o que fazer, então finalmente caiu em lágrimas, os braços pousados no colo.

Mark ficou olhando enquanto ela recuperava o fôlego e depois se dirigia duramente a ele, enxugando os olhos, sugerindo que pegassem Heather no ensaio do debate, jantassem fora e voltassem para casa tarde o suficiente para poder fingir surpresa com o que tivesse acontecido. Mark baixou os olhos novamente, anuiu, e então ela se levantou e foi até a máquina de expresso, e nos minutos seguintes houve silêncio, a não ser pelo tinido de porcelana e pelo chiado do vapor enquanto Karen preparava um cappuccino, colocava-o diante do marido e o via beber como se fosse remédio.

*

Quando a família Breakstone voltou ao apartamento algumas horas depois, Karen esperava que a rua estivesse iluminada por carros de polícia e o prédio, cercado por uma fita de isolamento, e ela teria de se esforçar para arrancar Mark de seu aturdimento e assumir uma postura chocada enquanto passavam por vizinhos para entrar no prédio.

O policial no local teria poucas informações, haveria uma investigação e todos deveriam ou poderiam voltar a seus apartamentos para tentar digerir que tinha havido um acidente, que isso às vezes acontecia e felizmente todos estavam bem. Karen então sugeriria que passassem aquela noite em um hotel, finalmente faria Mark acordar, concordar e partir, o braço dele ao redor da filha para consolar enquanto ela segurava a mochila frouxamente na mão e a arrastava sobre o mármore empoeirado.

Mas o prédio estava escuro quando voltaram para casa, mais silencioso que nunca e aparentemente abandonado, então apenas subiram e foram dormir. Mark foi o primeiro, já que tomara muitos drinques e não comera nada no bistrô onde tinham espontaneamente celebrado a promoção de Heather à equipe principal de debates, embora ainda fosse caloura. Karen esperou que a luz de Heather se apagasse, então se despiu e deitou na cama sem escovar os dentes, resistindo à vontade de olhar e ver se o corpo do operário ainda estava lá.

Ela olhou para Mark enquanto ele dormia profundamente, a preocupação instalada em seu ventre como uma cólica.

Ela se deu conta de que nos dias por vir, e talvez no futuro, seria responsabilidade sua impedi-lo de ter qualquer compulsão a confessar. Ela teria de se colocar entre a culpa dele e qualquer fantasma que se levantasse do beco naquele mesmo instante.

Em seu quarto escuro, Karen olhou para Mark e soube que ele devia ter tido seus motivos, pois o conhecia e nunca tivera medo dele, e de repente sentiu alívio de toda a ansiedade, pois soube então que estavam unidos para sempre. Ela o tocou até que se movesse, e então fez amor com ele, foi agressiva, ficou por cima, e ele estava bêbado o bastante para esquecer tudo o que era e reagir com a força de um novo desejo.

O corpo de Bobby só foi descoberto na manhã seguinte, quando seu substituto na equipe estava se aliviando no beco, e os jornais, e depois o legista, consideraram sua morte um acidente de trabalho. Heather ficou tocada com a tragédia e marcou o lugar com flores, e Mark e Karen esperaram um mês inteiro antes de colocar o apartamento à venda.

Agradecimentos

Escrever este livro foi uma experiência transformadora, a realização de um sonho de infância e, como tudo o que já fiz, não conseguiria ter feito sozinho. Estes agradecimentos vêm na ordem em que o encorajamento e o apoio foram recebidos.

Primeiro, obrigado a A. M. Homes, que foi generosa o bastante para não só compartilhar sua escrita, mas sentir minha ansiedade com a mudança em minha vida de escritor e sugerir, depois possibilitar, que eu passasse um tempo na comunidade de artistas de Yaddo. Nada disso teria acontecido sem ela.

Devo muito ao espírito, energia e inteligência dos residentes de Yaddo no outono de 2015, incluindo Eric Lane, Patricia Volk, James Godwin, Christopher Robinson, Lisa Endriss, Nate Heiges, Gavin Kovite, Rachel Eliza Griffiths, Pilar Gallego e, especialmente, Isabel Fonseca e Matt Taber, que ouviram tantas versões da história quanto as árvores e me empurraram exatamente com a força necessária.

Obrigado a Semi Chellas por se arrastar pelo primeiro esboço e me mostrar como usar os espaços em branco. Ela é uma escritora de escritores e deixa todo mundo com menos medo.

Obrigado a alguns dos outros leitores iniciais, que realmente içaram as velas de meu barco instável: Ann Weiss, Richard LaGravenese, Bryan Lourd, John Campisi, Jeanne Newman, David Chase, Blake McCormick, Karen Brooks Hopkins, Amanda Wolf, Gabrielle Altheim, Molly Hermann, Joshua Oppenheimer, James L. Brooks, Jessica Paré, Sarena Cohen, Madeline Low, Erin Levy, Gianna Sobol, Abby Grossberg, Lydia Dubois-Wetherwax, Christopher Noxon, Milton Glaser, Lisa Klein, David O. Russell, Lisa Albert, Jack Dishel, Regina Spektor, Sydney Miller, Michele Robertson e meus pais, Leslie e Judith Weiner.

Obrigado a Alana Newhouse por ver valor em algo tão estranho. Ela me apoiou, acreditou em mim e, para sempre, será minha companheira.

A minha agente Jin Auh, por sua confiança inabalável em mim e seu ardor em relação a todos os outros. Também a Andrew Wylie e Luke Ingram, da Wylie Agency.

A minha editora e aliada, Judy Clain, cuja inteligência impressionante tanto com palavras quanto com pessoas ganhou minha confiança para a vida toda. Ela tornou este livro melhor e me impediu de deixá-lo pior. A Reagan Arthur e a incrível equipe da Little, Brown and Company:

Lucy Kim, Mario Pulice, Craig Young, Nicole Dewey, Jayne Yaffe Kemp, Mary Tondorf-Dick e Alexandra Hoopes.

A Francis Bickmore, meu editor na Canongate, cujas orientações e cuidado foram essenciais.

A Jenna Frazier, minha assistente de escrita, cujas percepções, perfeccionismo habilidoso e bom gosto me guiaram diariamente no processo todo.

Tantas outras pessoas me ajudaram a tornar-me escritor não só me levando a sério, mas fazendo com que eu me levasse menos a sério. Há professores, mentores, colegas e, mais importante, outros escritores que me desafiaram, me deram broncas e responderam a minhas perguntas idiotas. São numerosos demais para nomear, mas Jeremy Mindich tem sido o amigo mais consistente e amoroso que alguém poderia desejar.

Bem, isso está vindo por último na página, mas só porque está acima de todo o resto. A meus filhos, Marten, Charlie, Arlo e Ellis. Vocês me fazem rir, me fazem chorar, me fazem não querer ir trabalhar, e não supero o quanto aprendo com vocês. Espero ser como vocês quando eu crescer.

E a Linda Brettler, meu amor e a artista mais verdadeira que já conheci. Como consegui ter tanta sorte?

**Acreditamos
nos livros**

Este livro foi composto em Utopia Std
e impresso pela Gráfica Santa Marta para a
Editora Planeta do Brasil em setembro de 2021.